雜花生樹

向明詩文合輯

向明——著

【自序】三段論法
——有人談論我的詩國王道

不悉水溫
不識水性
一頭便栽進這看似清明的水澤
旁觀的蘆葦們便以為
這是儒家祖傳的盆湯
柔軟度正適合溫柔敦厚的脾性

誰知！未知風險，未卜陰陽
僅從螳螂處偷學幾招擒拿的比劃
只不過胡亂拼湊了首小號武俠詩
從此乃又被披上了俠義的袍服
據說雖仍花拳繡腿，卻也不容忽視

真有點不知何去何從了
為了避免被誤認為老年失智
乃壯膽的大聲宣稱：
「不要惹我！我乃孑孓的殺手」

然後，裝模作樣的嗆聲！
誰想用不時髦的方式馴服一頭驢
有人看出我會逆向操作予以反制
嘿！嘿！這年頭誰會怕誰呀！

二〇二四年十一月十七日

目次

●雜花生樹

向明新詩

風景

●之一

相對於迎面山脊之狼藉傾頹
不可逆轉
站立其上的枯樹正風燭殘年
猶不斷搔首弄姿，強搶風光

●之二

高山上的水泊如老僧入定
幾隻翠鳥引來漣漪喋喋交談
誰也不懂牠們的語言
卻也水乳交融，相互掩映

●之三

這條窄巷本是處偏野山溝
被礦坑亂葬崗咆哮山洪所霸占
自從植入了傍山的摩登豪宅後
卻也開山闢路引來大批人觀光

●之四

三萬呎高空的七四七飛行器上
闖關成功的一隻蒼蠅巴在窗口說：
這一路哪有什麼美景值得觀光？
除了白雲還是白雲且啥都不像

●之五

巴比塔沒有砌成功以後
到天堂觀光仍未死心的人
已把希望委託在AI的強項
此類生物會不擇手段向上帝挑戰

好想

好想
就像這一大塊墨漬
不經意的留下
風雨見證曾在此洗筆

好想
如果是哭過的淚痕
定會有人大聲噓息
須重返榮耀或改過自新

好想
要是仍有一雙粗手
傳來的溫暖如此實存
我將如何奢望不誤青春

好想
只要有這麼一小塊雲
承載去域外到處遠行
將天地間一切角落看盡

鼠目有言

人們都嫌我們乃宵小鼠輩
豈知玉皇大帝前已獨占鰲頭
貓兒們視我們為永世寇讎
怪只怪牠們自己靈敏度不夠

本事：據說當古早玉皇大帝欲徵十二生肖為其護法時，貓鼠同時獲此資訊，但因貓正處理其他要務，乃商請老鼠先去為牠占位子，貓隨後趕到。老鼠答應後立即一溜煙到了大帝座前，占住了首十二席位，得意忘形，連貓的拜託忘得一乾二淨，等貓趕到，十二席位均已占滿，貓乃落空。自此貓鼠成為世讎，貓以獵殺老鼠為其一生洩恨職志。此為貓專捉老鼠的由來。

看鐘

時間只剩兩隻瘦瘦的腳
在繞著圈子拚命跟風
都說這一場較勁分秒必爭
心臟卻喘著說負荷實在太重

啞

弓弦發不出聲音
當然只因手指已變得僵硬
或心跳突然失衡
等在共鳴箱裡的音符絕對無辜

湘繡被面——寄細毛妹

四隻蹁躚的紫燕
兩叢吐蕊的花枝
就這樣淡淡的幾筆
便把妳要對大哥說的話
密密繡在這塊薄薄的綢幅上了

好耐讀的一封家書呀
不著一字
摺起來不過盈尺
一接就把一顆浮起的心沉了下去
一接就把四十年睽違的歲月捧住

遲疑久久，要不把封紙拆開
一拆，就怕滴血的心跳了出來
最是展開觀看的剎那

一牀寬大亮麗的綢質被面
一展就開放成一條花鳥夾道的路
彷彿一走上去就可回家

能這樣很快回家就好
海隅雖美，終究是失土的浮根
久已呆滯的雙目
真需放縱在家鄉無垠的長空
只是，這綢幅上起伏的摺紋
不正是世途的多舛
路的盡頭仍然是海
海的面目，也仍
猙獰

後記：日前細毛二妹自湖南老家輾轉托人帶來親繡被面一幅，未附隻字說明，因有感而草作此詩寄之。

一九八七年八月十八日《聯副》

眾生合十

一

腰桿直不起來時
就彎下去吧

像麥穗一樣
勇敢地
向成熟低頭

二

踹我一腳吧！
或者
賞我一刀
要重，要狠

總之
沒有痛
木魚
就不會吭聲

三

悠遊卡
新世紀的濫好人
切記出門要忘在家裡
不然
兩隻腳
永遠缺乏
勞動

四

耳根
被噪音的洪流堵塞了
那裡去找關閉的閘門

因之
再也不要隨身聽什麼的
饒舌歌了
除了母親的叮嚀

五

水蛭自信的說：
「我也算是蟑螂一族。」
看牠到處趴趴走
確實有點可以矇混

斷垣殘壁中
赫見保麗龍填充
呀！上等建材
牠也敢冒充

六

青苔
對著岩石發飆
「請准我在你厚實的身上
　永久居留。」
已被糾纏得渾身疙瘩
岩石仍然裝聾作啞
像說
只此一身
你看著辦吧

七

橫掃過眼前的天空以後
所有的窗玻璃
都被風擦得晶亮晶亮

都在讚嘆
好個人間四月天

樹梢仰著頭想了半天
終於悟出
藉風使力，真還不賴

八

酒糟鼻
大紅點布袋裝
那人白痴樣

逗著，聰明的我們
笑彎了腰

站在高處的天使說
究竟你們
誰才是
真正的小丑？

九

總是想聽
張著大大的耳朵
最好是八卦或緋聞

可大象耳朵灌進的
是非洲咚咚戰鼓
兔子的耳朵很長
居然沒察覺

烏龜路過的腳步聲
我總奇怪自己
活到八十還不會重聽

十

把自己做大
很容易呀
軟趴趴的氣球
只要吹一口氣下去
就會把自己做大

只有小學畢業的阿良
發財發福當上了名人
每當接受訪問，總說：
「當年我在北大唸書時……」
他把自己

一樣做得
好大，好大
（按：「把自己做大」原文為「Be Big」，係一本教人怎樣理財，壯大自己的大書，也是股市術語）

二〇〇九年三月五日－二十九日

青春的臉

好長好長喲！
三十五年歲月的
這條時間的長廊
長廊的盡頭始終張望著
母親那張青春的臉
可以焦心地為她思念
可以清夜對她傾吐
就是不能觸撫到的
在單行道時間長廊那一頭
母親瞻望著的那張青春的臉
在這異地流浪的日子裡
不知該為她奉上一朵
什麼顏色的康乃馨

寫於一九八一年母親節深夜

懷念媽媽

什麼事
都想告訴媽媽——
　昨夜著涼了
　鞋子有點打腳
　老闆誇我好
　頭髮一梳就掉一大把……

什麼事
都是媽媽教的——
　吃飯要端碗
　走路不哈腰
　常想別人好
　切莫說大話……

從五歲到了五十歲
什麼事都還想告訴媽媽
記得媽媽說的每一句話
永遠也少不了媽媽
還沒有發現
誰可以代替媽媽

妻的手

一直忙碌如琴弦的
妻的一雙手
偶一握住
粗澀的，竟是一把
欲斷的枯枝

是什麼時候
那些凝若寒玉的柔嫩
被攫走了的呢？
是什麼人會那麼貪饞地
吮吸空那些紅潤的血肉

我看著健壯的我自己
還有和我一樣高的孩子們

這一群她心愛的
罪魁禍首

五張嘴

五張嘴，猛一張嘴的呼吸
是五千噸的浮力
我是一隻在眾目張望中
冉冉上昇的氣球
天好清明呵，笑聲盈耳
自己也覺得，幸福無比

五張嘴，興奮的吼聲
是數丈噚重量的擒拿
我是那五支揚起的鐵錘下
火星四濺的鐵砧
震驚得目瞪口呆
總是想這無厘頭的日子
該不會走成永遠

五張嘴，無預警的負荷
是五千隻蝗蟲的口器
整天在嚙咬著我
直至被剝食得
像秋後身無長物的稻桿
覺得此後定會輕鬆無比

妻說

妻說：豬肉又漲價了
從三十四漲到三十八
還帶好大一塊皮

妻說：老二的鞋子又穿洞了
買一雙吧要一百好幾

妻說：又要繳房租了
我們的薪水袋恐怕湊不齊

我說：我能說什麼呢？
在我的詩裡
一樣也沒有這些東西

咳嗽

三更以後高天厚地的
從肺腑中嗆出了幾聲
不能自已的咳嗽

滿以為那子彈脫殼似的狂吼
縱使不是一聲驚雷
不會喚起幾盞已殘的雛菊
也該有幾級的微震
驚醒黑水晶的四周

使人意外的是
倉皇中出現的仍然是老妻
以及她那一雙
捧著一盅微溫白開水的
無助的手

舊軍帽

無論怎麼樣的放置
都不如當年頂在頭上
日曬雨淋合適的一頂軍帽
妻一橫心就扔進了儲藏室

誰知她是立意在保持室內整潔
或想把一生的恐怖記憶封存
只是窗外世界仍在喧嘩不寧
胸口上的舊傷疤變天仍會隱痛

在舊軍帽下保護成長的人們
多半會無奈的當作從未發生

小蜂鳥——給心如

一隻永不疲倦的小蜂鳥
家似乎是太狹窄了些
不！連地球似乎也是
妳要啄破的一隻籠子
為什麼客廳不是一個大草原
為什麼影子總是弓背在牆上
兩隻手換作兩隻翅膀該多靈巧
雙人床要是換作雙桅帆多自由

找不到答案妳就祭起手的魔杖
這裡點化出一株糖果樹
那裡出現了一條牛奶和蜜的路
屋子內凡是只要有空白的地方
妳就開出一扇窗讓我們向外看

小精靈——給心怡

爸爸是塊生滿了苔蘚的卵石
媽媽是隻上足了發條的鬧鐘
妳用兩隻小手洗著他們
以三拍子的如歌的行板
把爸爸淘洗成晶瑩的玉石
讓媽媽高興得如準時報曉的鬧鐘

一到下午家裡就聚滿了異鄉客人
來自維也納的徹爾尼
萊茵河畔的布爾格米勒
跳嘉禾舞的巴哈
莫查特那個小神童
失聰的貝多芬
妳用一雙小手點化他們
讓這些可敬可愛的幽靈一一啟齒

說出他們最世界的語言
把日子熨平得一點也不起皺

一個常感冒愛挑食的董家小精靈
奇怪在琴聲的水花裡
會泅泳得那麼健康、驍勇

看兒子跳傘

唉喲！兒呀！
在地上的我對空高喊
既然你已高高在上
翩翩雲表，為何不學學
杜甫的那隻沙鷗
縱浪大化遨遊
幹麼急著縱身一躍

雲端傳來兒子微弱的回聲
報告老爸！
一切都得按預定課目進行
背後有催命的喝斥
下面有扯腿的引力來自地心
最主要的是不負您老的期盼
做兵也得頭角崢嶸呀！

反斗城

一倉庫堆積如山的詩
等於不等於
一褲襠自己拉下的屎

一鼻孔的二氧化碳
等於不等於
一海床的黑漆油污

一肚子的不合時宜
等於不等於
一整瓶香奈兒加醋加臭腐乳

亂了方寸的這世界
站在萬千屍骨奠基的廣場上
還膽敢自稱代表自由民主

●雜花生樹

向明散文

一塊銀元

幾十年沒有回過家，千里跋涉，飄洋過海那年回到家的時候，已經認不出那塊曾經是我生命最初十多年成長喜樂過的所在。後面山上原來象徵風水鼎盛的幾百株的合抱粗的大樅樹全都不見了，幾十間堂的百年老屋，如今只剩角落裡的一口老水井在翹首問天。看來比我還老的幼弟，就在這塊祖先發跡過的廢墟上，搭了一座草寮在勉度苦寒的日子。

兄弟兩人和從各地趕來和我相聚的五個妹妹，吃過一頓難得豐盛的團年飯後，幼弟在昏黃的油燈下，不知從哪個角落裡摸出一個只有半個巴掌大的小布包，他說這是媽媽臨終前千叮萬囑一定要留交給我的一樣東西，現在總算親手交給我了。他嗚咽地哭了起來，卻又像完成一件大事地顯出自在輕鬆。

四十多年沒有接觸過母親的體溫，沒有聽過母親的叮嚀，此時，還有什麼比能接近母親要給我的遺物更令人心動？我像親自見到她老人家一樣恭敬地接過幼弟遞交的小布包，一股打從心底湧出的暖意直沖腦門，幾乎是迫不及待地把小布包一層層地揭開。

裡面露出的竟是一塊已經生了綠鏽的銀元，和一張發黃的小紙片，上面歪歪斜斜地寫著母親的手跡。

仲元：這是你在九歲時連說夢話也在吵著要的一塊錢，媽媽一直替你留著，也算是我們董家留給你的唯一的一點家產。

媽媽留字。

看完字條，搓摸著那圓圓澀澀的發綠金屬塊，我不知所措的愣在那兒。這是怎樣的一種罪孽呢？童稚時一個不經意的小小心願，竟勞母親一生如此沉重地記掛著，眼看時間已不容許她親手償我宿願時，她該是多麼不捨而瞑目的吧？

九歲那年為什麼做夢還會嚷著要一塊錢，委實已無法從陳舊龐雜的記憶中翻找出端倪了。我問圍坐在旁邊的弟妹，他們更是一臉茫然，說那是他們尚未出生，或還在襁褓中的事，母親從未提起。只是母親一直都在記掛著我這失散的長子，而且她深信她的這個「崽」一定還在，只是不知究在何方。想來，當時九歲的我，在那種被日本人侵略，人們普遍都生活得難以為繼的國難時期，我那夢囈中的一句話頂多只是現實中難以獲得的心理願望。然而母親聽到總是當真的，在那種艱苦的日子，即使一塊錢也是母親沉重的負擔。

遠方傳來了稀疏的爆竹聲，猛然我想起了什麼似的對幼弟說，「過完年，我們找人來蓋新房子，媽媽的意思是要我們董家『一元復始』哩！」我把手中的銀元在空中揮動著，弟妹們發出的笑聲比遠方的爆竹聲更響亮。

今年過年，我特別把母親給我的這塊銀元，傳家之寶，拿給我的兒孫看，也順便告訴他們這是多麼沉重的一段記憶。

兩隻鳥兒

一隻知性的鳥兒被一隻感性的鳥兒追趕得走途無路，還被數落說：「你一天到晚之乎者也，諸子百家，我都快僵化成一具標本了，去……去，去找你的孔孟學會去吧！」

知性的鳥兒滿臉無奈，又飛去和另一隻感性的鳥兒同居，不到三天，他也把感性的鳥兒驅逐出境，還說：「你不是傷春，就是悲秋，滿口親愛的達令，我像掉進了酸菜罎子一樣的渾身不自在，去……去……去，去參加你們的搖頭派對去吧！」

感性的鳥兒帶著滿身的香奈兒加LV飛走，他想，你凶什麼？你忍不了一時，還忍得了一世？我去找第三性公關去。

石獅十世

這時候，即使高貴如王者之尊的非洲猛獅也已經是生不逢辰，比不上一隻貴賓狗的受人重視了。獨步的版圖盡失，叢林已經開發為工業區；失足的，淪為馬戲團的玩物。幸運的，被視為瀕臨絕種的稀有動物，也只能苟活在欄柵內或保護區，吼聲嚇不走一群逐臭的蒼蠅，向誰奢談自由民主。

而有長夢不醒的石頭，居然特意去找造型師美化自己成一隻獅子。猛張開再也閉不攏的大嘴，咬不合的巨齒，舉起僵硬的腳爪，挺起油桶粗的胸脯，雙眼暴凸像踢得翻滾的鵝卵石，以為如此便可找回失卻的尊嚴，至少驚嚇幾隻膽小的麻雀，今後不再任人欺侮。

殊不知，一些喜愛和平的鴿子，竟然旁若無人地站在它的頭上快樂地拉屎，然後拍拍翅膀離去。它仍然只能目瞪口呆，連頭上的奇癢，腳爪也無力伸抬上去抓抓過癮。此時才知，石頭就是石頭，怎麼可能成為獅子。

銅像流淚

一滴淚，大大的像一顆膽囊似地吊在銅像的臉龐上。有人認為這是神跡，也有人認為這是凶兆。

其實……

話說自從有關單位在某鬧市，發現一個雞蛋大小的疑似放射性爆裂物之後，大家便莫衷一是地提供這類隱形殺手的處置之道。

有人建議乾脆把它拿到沒人的地方用高壓把它震破，反正只有一個雞蛋那麼大，為害也嚴重不到哪裡。處置這類爆裂物的專家卻說萬萬使不得。根據他們獲得的資料，即使這麼小小的一個，也會把半個城市夷為平地。最難以善後的是，擴散的輻射塵，會使好幾代子孫萬劫不復。

有人說那就把它丟到公海去，遠離我們這個小島，便不會為害我們自己了。環保專家說，丟到無論哪一處公海都會污染海水，會傷害到海底生物和航行船隻，別忘記我們四周都是海，最終受害的仍是我們。

最天真的建議是空投到敵對國家去，會把人家神不知鬼不覺地被毀滅掉。問題是用什麼方法去空投呢？民航機又沒投彈裝置，連機艙都是高壓密封，別說一個雞蛋，就是一個針孔也不允許。戰鬥機嗎？人家的飛彈都可打到我們上空了，很可能出師未捷身先死。

我是一個從來不受人注意的所謂藝術家，已經半年連藝術零工都找不到，只能靠吃便宜的生力麵苦撐渡日。我說把那枚棘手的雞蛋交給我處理吧！經過我的藝術手法包裝，管保大家平安無事。

到了這個時候，燙手的山芋只要有人接，誰會管我是窮極無聊說大話，還是真有獨到的本領，反正只要能處理掉就好。

我拿了這枚人見人怕的雞蛋形疑似爆裂物，帶了工具，騎上我的破機車，連夜直奔最最高山頂上的那座被砍頭，復又裝上頭的銅像。那臉龐上的一滴淚，便是我連夜趕工的傑作。

床頭詩

他很瘦，近乎扁平，這是他一輩子最大的遺憾。進補和運動對他完全無補於事。蕭蕭有次在乘電梯時，由於眼看已近滿載，再進來人定會汪汪大叫，看到她還是硬擠了進來，口裡且說：「我像一根針樣插進來，連電梯也不會知道。」果然電梯照樣自動關門，並沒有警鈴大作，蕭蕭後來說這個人對自己的斤兩多少完全充滿自信。

她其實也並不胖，尤其一次大手術割掉右胸前那一大塊贅肉後，已經身無太大的負荷，但她仍時時擔心體重會上升，然而偏偏卻又味口特好，每天都在想吃和拒吃之間拉鋸。

這一天，作為詩人的他在床頭寫了一首即興小詩，關及他們倆人「肥」與「瘦」的爭論，詩云：

妳總是對我說
我又扁又瘦
常像妳最討厭吃的
塞牙縫的肉乾

我沒好氣地頂妳
別忘記我最大的好處
就是絕不會讓妳
變胖

她看了之後好像正中下懷似的，非常興奮地說，去買兩斤肉乾回來給我吃吃看。

涓涓之水

「天一下雨，我們家的房子就會流眼淚。」這樣的一句話，並不是所謂的童話詩，而是我那小兒子當年在週記上的句子。意思是說，只要天一下雨，我們家的房子就會漏水。水漏得並不大，真的就像眼淚一樣一滴一滴地流了下來。別看這小小的一丁點滲水，我們全家一連奮鬥了好幾年，一直沒法把它止住，只要天一下雨我們就得為那麼個迷你水災而勞師動眾。

我住的是一棟五樓公寓的頂樓，住進來之後不到五年，就發現了這麼個小紕漏。水不是從天花板上堂堂正正地滴下來，而是從房頂的拐角樑柱接縫處偷偷地滲出，不知不覺地濕透了書架上的幾層書，霉過衣櫃底層一大堆衣服，我們才驚慌地發現家裡出現了這麼個災難。

為了這一滴水之滲漏，我們曾經重新翻修過屋頂，再補強外牆，又花錢請人塗上一層厚厚的柏油，但是只要一遇天雨，仍然會有水涓涓滲出。妻很天真仍以為是外牆的毛病，再找人在牆外面加釘一層木板，以為將水源從外面隔絕，應該萬無一失，然而水還是從屋頂拐角處源源滲出，似乎一切防微杜漸的措施都擋不住那一粒小水滴的攻堅力量。

在一切止漏措施都束手無策之後，我們只好去找一個有經驗的泥水工來檢查鑑定，找出毛病到底出在哪裡，有何補救良策。他用目視檢查一番之後，指出水應是從樑柱裡面埋設的排水管接頭，或破裂的地方冒出來的，這是當初建屋時施工人員的疏忽大意，現在要把漏水止住，非常困難，除非把樑柱鑿開，找出出事地點，抽換裡面的水管，否則一點辦法也沒有。

聽完老泥水工這一番言之成理的判斷，心裡湧出一股難以抑止的憤怒，僅僅為了那一小滴水的出路，得把一堵厚實的水泥牆摧毀重造，這真是太離譜的事。也僅僅是由於當初施工人員的大意疏忽，我們就得承受這精神和物質的長期磨難折損，這豈是這世間的任何道理講得通？當下我即負氣地決定，這點滴之漏我決定不去管它了，就讓它去漏吧！讓那一滴水像長期纏繞的養身病，從此伴隨我們家前行。以後的雨天承接漏水成為我們偶爾的一種生活花絮，或忍耐考驗，不也是一種非常特殊的生存態度。

但想雖是這麼阿Q式的精神勝利自我療傷，最後我們還是無奈地屈服了。主要還是得感謝現代防漏科技的超前進步，一種自漏隙處以強力高壓灌膠方式，讓快速凝膠沿著滲水路徑灌注其中，無孔不入地隨高壓的推進而將所有可能滲水的通路，全部立即凝固封殺，果然把漏滴止住了，從此無背水一戰之憂。常言道「涓涓之水，可以穿岩鑿石」，我們不可不為將來更大的後患而未雨綢繆呵！

雨天雜感

一、喜雨

小外孫彤彤放學回到我家吃晚飯，他媽媽對他的功課盯得很緊，剛一放下書包便問，明天要背書，老師交待要背哪一課？彤彤說要背一首古詩。我一聽是詩，便興趣來了，現在還有老師要孩子背古詩，真是很稀奇的事，便問那一首古詩？他說是〈春夜喜雨〉，我一聽居然是杜甫的極有名的一首五律，便說你能背得出來嗎？他說當然可以，於是便唸了起來：

好雨知時節，當春乃發生。
隨風潛入夜，潤物細無聲。

唸完這四句他便停了下來，好像已唸完，我說這是一首五言律詩，後面還有四句。

他說後四句還沒背熟，於是我就把後四句唸給他聽，要他跟著我唸熟：

野徑雲俱黑，江船火獨明。
曉看紅濕處，花重錦官城。

我見他背了幾遍便可完整把整首詩背出來，便問他為什麼叫「喜雨」，下雨有什麼可喜的？一個小六生當然答不出來，便愣在那裡發呆。於是我就說，這和古時候的農業社會有關，古時候非常重視春天下的雨，民間有所謂「春雨如膏，小雨如酥」之說，對他們將來的穀物收成極有幫助。杜甫在春天的夜裡看到突然飄下一場小雨，詩人一高興，就把雨看成是一個懂得時機的有心人，隨風趁夜而入，悄無聲息地把大地滋潤。此時雖然雲很低，天很黑，看不到路，只有江上的漁火獨明，但可想到明天早上的錦官城（即現在的四川成都），一定是雨後的花紅葉綠一片美景。

彤彤聽完我簡單的解說很是高興，他說他明天要說給老師聽，讓老師吃驚，以為他真的很用功，讚美他連杜甫的詩都讀得懂。

二、久雨

其實我們住在台北，淫雨的天氣已經持續近兩百天了，太陽公公很少露臉，不但衣物發霉，濕冷的氣候，已經使得老人小孩一片咳聲，醫院暴滿，這樣的天氣誰都絕對「喜」不起來，雨多得發愁，到處都有怨聲，倒是真的。這個時候，我便在久咳不停之餘寫下一首小詩，不過我這詩並沒有愁怨之氣，請看我的〈久雨〉：

不會眨眼的
不會如風起時那隻風鈴

更不會
因一顆星的殞落
而傷心如哭個不完的
簷滴

深知如是磐石
就該勇忍挨受
各種頑劣
和無量風塵

我這詩中雖然與雨有關的意象很多，但是我都不想與它們類比，我不會風雨一來，像風鈴一樣膽怯得瑟瑟抖動；也不會因太陽不露臉便如屋簷水樣「哭」個不停。我知道自己如要安若磐石，就得勇敢堅忍的接受外來的各種無情。這是我對久雨不晴的態度，我把這些讓我難受、難堪的淫雨當成是一種對我的挑戰，我會眼都不眨地與之對抗，我很頑強，也有點阿Q。我這首詩曾在「今天詩論壇」網站發表，很多人讚我借題發揮暗喻險惡的人生，勇氣可嘉；有人說我的詩風有點與卞之琳相像。我馬上拜托他收回這句太誇張的話，我已八十四整歲，這麼大的年紀還在寫這種給自己打氣的「勵志詩」，不丟人才怪？

三、雨景

雨不停的下，顯得很無聊也無趣，絕對沒有興趣像宋朝楊萬里面對一場〈小雨〉一樣的想入非非。他對那場小雨是這樣以詩造景的：

雨來細細復疏疏，縱不能多不肯無。
似妒詩人山入眼，千峰故隔一簾珠。

居然把老天下雨嗔怪成有人妒忌他看到山，故意用雨的簾珠來阻隔他的視線。看來罷官後在家賦閒的楊誠齋，生活無聊得比我更阿Q。

還有現代詩人楊喚的那首〈雨〉更浪漫，他說：「憂愁夫人的灰色的面紗／快樂王子痛苦的眼淚／把我屋子裡的太陽輕輕網住／把我窗外的夜叮叮噹噹地敲響／哎，我再也不能入睡，再也不能入睡」。「憂愁夫人」和「快樂王子」都是西洋小說名著，顧名思義是代表喜樂兩個極端，面紗般的憂鬱網住了太陽，簷滴般的痛苦把夜叮噹敲響，自是擾人清夢，無法入眠。這樣淒美的意象組合，憂愁又痛苦，可見困在雨中的情境多難熬。這是詩人約在廿歲左右寫的的一首詩，不到廿五歲即在台北西門町平交道被火車輾死，只為去趕一場安徒生童話的電影。時在一九五四年三月七日。

然而雲南有位女詩人叫做「唐果」的，她用直觀淡筆寫〈下雨〉，讓「雨」下得多有名堂，多有變化，不是天真，不具超現實的眼光，是看不到「雨」會這麼多彩多姿，簡直是在作表演賽，她說：

雨
豎著下
斜著下
橫著下
無計可施時
它還可以倒著下

雨
站著下
坐著下
蹲著下

假如它累了
它可以睡著下

這首詩簡直可以命名為「雨的動態觀」，看似隨意簡單，然而如果詩人不深入想像，心不投入雨的舞動而心動，腦波不隨雨的滴落而體會出各種身姿，哪裡能有如此動人的「雨」的畫面。「唐果」的詩常常會有天真稚氣無遺的表露，她說她最喜歡寫這樣的詩。

二〇一二年三月二十三日

《地水火風》詩集序言

由於固執成性，始終認為詩的存在最具權威，只有詩才可證明一切，外在所有其他條件都是虛幻不實，絕對當真不得。而其實詩只是一個透露一切存在的可能的載體之一。如果我們無知到不曉得其他一切存在的所以然，或必然性，則詩的詠嘆也就徒托空言，毫無價值可言。

我們本是靠祖先以務農為本而形成的古老國家，所以我們都敬拜我們開天闢地的鼻祖神農氏，「地水火風」是構成他們賴以生存的四大元素。而古老的干支紀元和時序運行亦是依此四大元素在推衍，因此而有二十四節氣的劃分，先人們根據他們依照的四時運行的各節氣所經歷的天候經驗，紀錄下那一時段的萬物成長興衰的各種情況，而供後人耕種漁牧的參考，這是一種珍實難得的傳統。現在雖然科學發達，人的存在方式和適應機能雖然已不必全都靠天吃飯，但遇到現在的極端惡劣氣候，幾乎已使人類招架無功，只能聽憑為惡。但是細究其所以惡化到如此不可收拾的地步，怕還是在物競天擇的自然淘汰下，人類還不知死活地過於貪慾享受，不遵照應有的傳統安全經驗法則去過日子，則就是自作自受了！我寫在地水火風依從下的這些節氣詩，不過是在依據前人的經驗法則，提醒大家警覺而已！

報喜也報憂

這天一大早，老喬治突然打電話來恭喜我，說我從今天開始每天可以賺進十五分鐘。我被他喜孜孜的話澆得滿頭霧水，如果說我賺進了十五萬塊錢，財迷的我，也許會跳起來興奮。可這十五分鐘的「時間」從何而賺得來？而且我每天賠掉了的時間數也數不清，哪裡會在乎此區區十五分鐘。他可接著說了「你沒看報紙嗎？從你住的東湖康樂街到大湖公園，由於地區聯外道路的三座隧道打通，現在只要五分鐘就可到達，為你原來到公園散步打太極拳的二十分鐘，少了十五分鐘，這不是白白地賺了嗎？」

我聽完之後感覺他說的也滿有道理，我們不是常感時間不夠用，吵著要爭取時間嗎？這不就爭取到了？豈能不喜？不過才賺了十五分鐘，我覺得一點也不稀罕。想當年到美國讀書，正巧趕上越洋噴射客機首航，起碼較四個引擎的巨型客機快了三十六小時即達洛杉磯，那才真是賺了時間。而最近高速鐵路啟用，台北到高雄原需至少四小時，現在一小時半即可抵達高雄上課，硬賺了兩小時半，不也是節省了時間成本。真的，時間確實是被我們用盡上天入地的手段蠶食鯨吞進來不少。然而就有如不會理財的暴發戶，錢多了卻沒有好好派上正確用場，所謂「easy come easy go」，賺進來再多的時間，卻沒有充分利用它，有時反而要找各種藉口「殺時間」。豈不是賺了也等於白賺？

想到這裡，我靈機一動，也把才從報上看到的一則新聞告訴他，等於是報答他給我通報的消息吧。不過他是報喜，我是報憂。我說「老喬治呀！你沒有看一則國際版的重大消息嗎？大標題是『世界末日鐘只剩五分鐘』，我們賺進的十五鐘還沒開始花，便進入世界末日了。」老喬治一聽如此重大「噩耗」，趕忙問我怎麼回事，我說這是世界頂尖科學家提出的警告，全球正一步步逼近核子世界末日，他們把具象徵性的世界末日鐘往前撥快兩分鐘，如今距離代表世界末日的午夜僅差五分鐘。老喬治急了，催我說出個中原因。我說詳情比打通三座隧道要複雜得多，你最好去翻報紙，據說核子危機升高與地球上空破了一個大洞，我們車輛太多大排廢氣，影響氣候突變有關。所以我寧願騎單車多花十五分鐘到公園打太極拳，也不要賺那靠排廢氣爭來的五分鐘。

當然，老喬治也被我這突來的天大的噩耗打擊得半天也說不出話來。這年頭資訊發達，馬路、小道、偷窺、爬糞、名嘴、記者、衛星、針孔，每天每時都在製造傳播各種使人不安的消息新聞，如全信以為真，也活得真有夠累的了。

黃泥粑粑

離開老家實在夠久了，誰能擁有故鄉一撮泥土？而我卻幸運地能時常親吻、撫玩它，因為我有一塊以故鄉泥土作成的黃泥粑粑。

每到初春融雪之際，故鄉長沙的鄉下便有以雪水作黃泥粑粑的習俗。據說這種泥餅留到夏天泡水喝不但可以解除暑熱，而且能治一切因炎熱而起的皮膚病。記得我家四嬸就是靠一杯這種泥水而治癒了她一次險而送命的發痧症。

在故鄉每到夏天差不多都以這種東西作飲料，喝來確有生津止渴的功效，尤其放上幾片薄荷葉子泡在水裡更覺清涼可口。黃泥粑粑的做法很簡單，只要選上一些乾淨而純的黃泥土加上雪水調勻，做成餅狀，放在竹籮上曬乾或陰乾即可。

現在我手上的這塊黃泥粑粑是我母親親手做成的，那上面至今仍清晰地留著她的指印，以及含蘊著更深更沉對我的慈愛和關切。

記得那是在戰火逼近被迫離家的前夕，家裡平日洋溢的歡愉之情突然變得沉悶寂寥了。父親抱頭呆坐在火爐的一隅沉思，大妹望著一盞昏暗的桐油燈在發呆，只有母親一面啜泣一面忙著替我整理行裝。眼看著一口籐箱都快塞滿了，這時母親突然從碗櫥裡取來一包沉甸甸的東西往箱裡面放。我知道那不可能是吃的，在那種戰亂的貧困年頭更不可能是錢財，或其他貴重的東西。我搶著打開一看，原來是她親手做的三塊黃泥粑粑。

母親看我發呆，便嗚嗚咽咽地說：「孩子，這年頭家裡窮，沒有什麼可以給你帶上出遠門，就帶這麼幾塊泥巴吧！也不知道你將來會逃難到哪裡去，到了生地方難免會水土不服，鬧什麼病痛的，泡上一小塊喝上一些，一定會有效。」她擦乾了溢出的淚水又接著說：「你別小看這幾塊泥巴，等你到了異地時，你才曉得即使是家裡的泥巴，也是珍貴的，是與我們親切相連的信物。」

我正要說什麼，父親在一旁叫我了，我走了過去，父親附在我的耳旁低聲地說：

「帶著吧！不然你媽要更傷心了。嫌重的話，出門以後扔掉就是。」

第二天一早我便離開了家趕往城廂，跟著便隨同逃難的人潮四處流浪，轉進，誰也沒有閒情來注意自己的行囊，幾塊黃泥粑粑依舊藏在籐箱裡跟著到處行走。及至到了成都我們才有喘息的機會，而思鄉之情也跟著越來越濃。這時我才體會到母親的苦心，這三塊黃泥土粑粑，就像家的延伸，故鄉的延伸，母愛的延伸，不論到哪裡我仍受著呵護。有一次我不捨地掰下一小塊泡水喝，真成了治癒我中暑的丹方。

不久，我投身了幼年兵行列，最後一次的行動轉進來到了。由於飛機的裝載噸位有限，需要搭乘的人太多，每人所帶的行李要儘量減輕，於是我為這剩下的兩塊泥土難定取捨。如果帶上這兩塊泥土，必得放棄一些心愛的衣物或書本，幾番掙扎衡量的結果，我毅然決然放棄了那隻佔地方的籐箱，和一些書本，將那兩塊泥土包在衣服裡塞進手提袋，我知道書籍只要有錢任何地方都買得到，而到哪裡去買故鄉的泥土呢？

就是這樣我把這兩塊黃泥粑粑帶來了台灣。那一年我在南部海邊駐防，全身患著難忍的台灣癢，在無可奈何的情形下，我終於泡了一塊故鄉的泥巴來洗滌，說也奇怪，那種難忍的奇癢竟然消失了。

現在我還珍藏著最後一小塊故鄉的泥土，雖然經過幾十年的剝掰挪動，早已不成原形，除非萬不得已的情況下，我是捨不得再動它分毫的。我要留給我的子孫，那是我們董家唯一的祖產，是故鄉的一塊泥土。

媽媽的嫁妝

我那長沙老家後院放雜物的房間內，留有老老祖母當年用過的大櫥櫃。這是我們董家早年那個大家庭，文革時被打劫搶奪到片瓦無存後，唯一留下的祖產。二弟仲儒很用心，他一邊照顧家裡的老人家（代替行動不便的爸媽去接受公審、勞動等虐待），還有心地撿拾一些殘存的物件，放在大櫃底下的泥地中保存，我每年從台灣回去必定先到後院那雜物間大櫃底下去挖寶，曾經找出過母親裝酸梅的那個大肚瓷罈（曾有散文〈甜鹹酸梅〉一文，回憶母親牙痛時半夜要我爬到條案上的瓷罈中，去拿酸梅貼在她牙齦上止痛的事）。去年回去，二弟為我找出這麼一隻小瓷缽子（長、寬、高為12×6×4公分），我想了半天也想不起來這是什麼物件，二弟才告訴我這是媽媽當年嫁到我們董家的嫁妝之一。是舊時婦女盛刨花水梳理頭髮，使之光潔柔潤用的。至於刨花水是怎麼製作的，容我慢慢說來。

這種昔時婦女用以打整頭髮的刨花水是將榆木片用水浸泡，產生出透明的黏液。小說家巴金的散文〈浸最初的回憶〉中，有「一張溫和的圓圓臉，被刨花水泯得光光的頭髮」，即是指早年婦女「髮光可鑑」都是用的這一土產「美髮液」。另外清朝的辮子頭也是靠這種刨花水黏液梳整，才不會毛糙。舞台上旦角鬢腳旁的貼片更靠它黏住。

這種裝美髮液的容器叫「刨花盒」，上面有一蓋子，可以做成各種小巧的形狀。多半是由江西景德鎮的瓷窯中出產。母親用過的這一隻，蓋子已經不見了。但盒上另一面有「美人香草」四個草書字。另外發現的一隻小茶壺也是壺蓋不見，把手也碰掉了，但壺上的「詩情」二字遒勁的書法仍歷歷如新。旁邊有「甲子」年題字樣，可見年代相當久遠了。母親當年是她那一輩妯娌中最年輕貌美又能幹的一位，她是農家子女，沒讀過書，是陪著我讀《三字經》、《百家姓》、《千字文》這些啟蒙讀物才從旁認識一些字的，祖父總讚她學得比我還快。

媽媽做的「蛋菜」

「蛋菜」並不是「淡菜」的誤置，淡菜是一種貝類的海產，又稱「干貝」，在形狀上又分蟶干和蝴蝶干，前者補陽，後者滋陰。早年在馬祖當兵時，總要買點淡菜回來送人。這裡所說的「蛋菜」指的是用蛋加其他菜料所做的家常菜，在古早年那個日子，在中國的鄉下，除了初一、十五會買四兩肉，一面供神，一面把肉打湯拌飯，算是打牙祭外，平時是沒有肉吃的。唯一的葷菜，便是自家養的雞下的蛋，蛋還不能純吃，必須拿一些別的菜來作配料。母親為一大家煮炊，每天總要無中生有，就那麼一點有限的食材，變出不同的口味來。她用家雞生的蛋最常做出的「蛋菜」，令我永遠想到就流口水，而所配用的菜都是從自家菜園子就地取材。

母親最常做的就是「韮菜烘蛋」，母親所摘的韮菜是園子裡水塘邊長的水韮菜，菜葉細如髮絲，味道又嫩又香。韮菜洗淨切細後放入打好的蛋液中，加上一點鹽，然後放入燒熱的豬油中去烘，這時母親便把準備好切細的豬油渣撒在尚未烘熟的蛋液上，等到蛋液凝固，底面已經焦黃，翻過來再烘。這時韮菜滲入的蛋香便散發出來了。這還不算什麼，吃時再嚼出豬油渣的酥脆才最是人間美味。母親放的豬油渣是用豬腸上附著的網油，並非是豬板油，網油榨過油後的油渣是細粒酥脆的，撒幾粒在韮菜烘蛋上，構成一種特殊的色香味享受。我們那時吃的油，仍以豬油為主，每家都會在殺過年豬時，熬上一大罈子豬油供一年享用。

我們家後山是一大群腰圍須數人合抱的大松樹，還有靠壕溝邊長的竹林，春冬兩季的竹筍，吃也吃不完。春筍粗大只適合做筍乾，冬筍短小鮮嫩，適合炒松針燻出來的臘肉，那也是我們家鄉的美味。但哪有那麼多臘肉，於是母親便用冬筍切成細絲炒蛋，加上一點香蔥，用豬油爆炒出來，也是能讓我們孩子大扒幾口飯。

後山塞門邊上，長得有兩棵香椿樹，樹雖綠葉茂密，但能拿來做菜吃的並不是香椿樹葉。現在台灣市場常見有賣香椿的，都是一小捆香椿樹葉，我常和老妻說，這巴掌大的樹葉哪裡是香椿，真正的香椿是香椿芽，那是春天時，在光禿的樹枝上冒出來的一些小尖尖，把這些嫩嫩的芽尖兒摘下來，手上便馬上有股椿芽兒特有的香味。香椿拌豆腐是最普通的涼拌菜，只有香椿炒蛋才會滿室生香。新鮮香椿切細拌入蛋液中，加點細鹽，放入油鍋中使蛋液和香椿芽拌勻，讓蛋略為烘烤一下，蛋的焦香和香椿的清香便會合奏出來。香椿的天然鮮味勝過味精許多，老小都很愛吃，沒牙的老祖奶奶也直誇很有味。

母親也曾用雪裡紅切細，瀝乾水分，加上點豬油渣，放入蛋液中，用油烘出蛋餅似的下飯菜。母親另一用蛋做出的菜，我想很少人吃過，蛋中不加任何其他的菜或調味料，只放入少許的鹽和幾滴黑醋，火大油多的爆炒幾下即離鍋，蛋特別嫩且鮮美略有微酸，別具滋味，我已至少近一甲子沒嚐過這道異味了。去年回老家掃墓，近七十的三妹，特別將傳承自母親的這道菜，做給老哥我吃，吃得我老淚縱橫，這才是久未享受到的媽媽的味道呀！

做月餅的父親

中秋節吃月餅是一項悠久的文化傳統，據說可以遠溯到元朝末年，老百姓於餅中藏字條，相約殺韃子的故事，可見做月餅這一行業，由來已久。我的父親沒有承襲祖父打剪刀的傳統，卻去學當糕餅師傅，做月餅是他最在行的拿手活計。提起家鄉的月餅，湖南省長沙市南正路（後改黃興路）織機巷口「大興昌南貨餅乾廠」，「乘老倌」店裡的月餅是遠近聞名的。「乘老倌」是父親在家鄉糕餅業界的暱稱，家鄉商家數目字不是我們常說的一、二、三、四、五，而是自有一套行話，念成「江、都、乘、少、拐」，其實不過是一二三四五土話的變音而已。父親在家排行老三，所以外面人稱他為「乘老倌」。乘老倌店裡的月餅好就好在用料實在，斤兩足重，絕不偷工減料，欺騙顧客。再有就是絕對保持傳統風味，蘇式的保證皮酥餡素；廣式的一定外皮油薄，內餡各式口味豐富。每到中秋將屆，父親店內的糕餅作坊，日夜趕工，熱鬧非凡。蘇式月餅還得用印有店名的白素光紙包得四正四方，裝盒或擺在貨架上。另外還有一種素月餅最受一般人歡迎，那種月餅兩面都有烤得黃黃香香的芝麻，為小孩子的最愛。

父親店裡做的月餅都是他親手監製，已建立良好的信譽，一直年年供不應求。但在災難頻仍的年頭，卻並不那麼幸運，有次還把故鄉的一條小河滿滿浮上父親親手做的月餅。那是日本人第二度攻打長沙城，正是中秋節前，父親店內做了好幾十條盒準備應節的月餅。忽然傳來日本人發動攻勢，要攻進城裡過節，父親眼看城裡生意做不成，必須逃往鄉下避難，又不願把做好的那些月餅讓日本人掠去享受，於是他連夜把所有做好的月餅，以及其他糕餅、糖桌裝箱打包，雇船由水路往鄉下運。小木船走了三十多華里，到了洋石潭鎮旁啟岸的碼頭，把船上的貨物卸下，再雇獨輪車運到鄉下老屋。啟岸的碼頭離岸上的大路有高達十餘丈的斜坡，獨輪車必須從斜坡上的小路上下繞行，車夫推車上路十分辛苦，突然一輛獨輪車推至半坡時，車夫腳下不知如何沒有掌穩重心，獨輪車立即翻倒，車上的兩隻裝月餅的木箱便滑溜而出，順著斜坡翻落下去，不偏不倚正打中碼頭上堆得高高的待運木箱，全部推落河中，破箱中的月餅便全都散落河面上，隨水漂流，一時蔚為難得看到的奇景。父親站在岸邊眼看自己的心血財產付諸流水，飄浮而去，卻又束手無策，求告無門。就是那一刻，幼年的我也看出父親突然蒼老了許多。

做糕餅是父親的專長，也是他唯一能賺錢養家活口的職業。月餅落河的慘劇，雖然損失特重，幾乎讓他翻不了身，但並沒有重挫他為事業東山再起的鬥志。日本人燒掉了他在城內的店鋪廠房，父親又商借城南書院殘存的下人房，重搭工作案板，自建烘焙爐，專做各色糕餅批發城內各店鋪，賺些勞力錢。我到外縣市讀中學的龐大學雜費及食宿費用，全是父親在案板上操勞，在烘焙爐旁高溫下流汗而點滴積攢下來的。

抗戰勝利後，我從流落的貴州取道故鄉往南京報到，準備分發到遙遠的西北去就業。為了轉搭粵漢鐵路的火車，曾在長沙暫停數日，發現父親又在長沙接貴街覓到一處店鋪，重操他的糕餅製作老行業。記得那時又正值中秋節前，我暫住在父親店中的帳房裡，隔壁即是糕餅作坊，隔著一層薄薄的木板，我清楚地聽得到作坊內師傅們忙碌的情形，以及月餅脫模時敲擊案板時的清脆響聲。看樣子父親店裡的生意仍然不壞，他那塊「乘老倌」的老招牌仍然有號召力。但是，真的是太突然了，也許是我自己太敏感，從隔壁傳來的談話聲中，我清楚聽到一位和父親極要好的師傅說：「這個細伢子到外面去吃糧，將來會有什麼出息？」

細伢子就是指我，吃糧就是當兵。當時年少氣盛的我，滿腔出外闖天下的雄心，那裡容得下這種輕蔑的藐視，而且居然不顧我父親愛子的尊嚴，簡直惹我火冒三丈，拎起衣服，踢開房門，也沒有和父親招呼一聲，離開了父親的糕餅作坊，直奔我們指定的候車地點而去，那裡還有我們一起當流亡學生的夥伴。這樣負氣的一走，便從此永遠走出了父親的視線。但父親高大魁梧的身形，永遠和氣致祥的品性，是我一生追求的榜樣。無論流浪到那裡，父親那打不倒的志氣和正直的影子永遠與我隨行。

流浪臺灣四十多年後的一個冬天，終於才和故鄉長沙的親人取得聯繫，二弟在信中告訴我二老尚還健在，只是都已風燭殘年，且體弱多病，都一直認定他們的這個兒子一定還在臺灣。現在既已證實，二老極盼我早日回鄉見上一面，以了他們最後的心願。二弟的召喚哪裡容得下我半點的遲疑，當即以最快的速度帶著與父母從未謀面的妻直奔故鄉而去。到達長沙，五個妹妹、一個弟弟帶著家小在車站迎接我，說是先在二妹家安歇一晚，明日一早再雇車下鄉去看爹媽。對故鄉情狀已一切陌生的我，當然全聽他們的安排。晚上在吃過一頓豐盛的團圓飯之後，弟妹們聚在一起聊著我失散後家裡的情形，好像總有我聽來不可思議的場景發生過。突然二妹站起來神色很不安地對著我說：「哥呀！爺老子和娘老子都早已過世了，我們想要你快回來，又怕你不回來，所以揑了這個白（說謊的意思），哥呀！我們對不住你。」接著他們都嗚嗚呀呀地哭了起來，我聽了之後也不知所措，想不到歡歡喜喜的回鄉，會是這樣的一個傷心的開場，幾十年忍住的老淚也像決堤樣地奔流出來。大家哭成一團，有人還嗚咽說了一些事情，但我一句也聽不懂。還是二弟比較沉著，他告訴我，我們的家庭雖然也屬於無產階級家庭的成分，只為祖父和父親靠勞力換來的錢在鄉下買來幾分夠全家溫飽的薄田，農忙時免不了雇長工助耕，於是便也落得個地主之名。加之母親死抱住我沒有死，一定還活在臺灣的信念，因之又加了一個有「臺灣關係」的罪名，於是全家被打成黑五類，成天挨批挨鬥。父親一直鬥到半死，還挺住他那一手建立，後來收歸國有的糕餅工廠，據二弟說父親是被紅小鬼踢打得內臟出血，死在他做糕餅的案板上的。

第二天下鄉我帶著眾弟妹到父母墳前祭拜，哭告他們原諒我這未盡一天孝道，卻讓他們一生都在掛念我這個生死不明的兒子。在回到二弟一家住的草房的半路上，一個從田埂上走來的人向我問好說：「大伯回來了」，我禮貌性地謝謝了他。我回頭問二弟這是誰，他悄悄地說是住在上屋的，說我家有臺灣關係，就是他告的密。我無奈地笑了笑，這個世界不應是這樣的，我更加懷念和敬仰父親他們那一輩人的忠厚老實，和永不被現實擊倒、妥協的堅貞。

又是一年的中秋了，我不能不想起我那做月餅的父親。

四叔戒毒記

在我父親那輩的兄弟中，四叔是個頭腦最靈巧，動作最靈活的人物。他不像我的父親和五叔規規矩矩做個將本求利的殷實商人，也不像大伯那樣帶著兒子守著田地默默四時耕作。他去學了一門裝裱字畫的手藝，而且做得很成功，結識了不少書畫名人，每天應酬不斷，常常家裡看不到他的蹤影。

我們家當年是個大家庭，祖父是一家之長，家規非常嚴，而且他是一個比清教徒要求更為徹底的人，我們那二、三十口的家人中，沒有一個人會抽煙，沒有一個人會喝酒，更絕對禁止賭錢，都是祖父那嚴格家規下養成。

我六七歲時，有一天，家裡打從一早開始就充滿嚴肅緊張的氣氛，正堂屋兩旁的太師椅騰開了，祖宗牌位從神龕上請了下來，家中老老少少都得到通知不准外出。

到中午的時候，大門口一陣騷動，幾個年輕力壯的長工把一個低垂著頭的人，五花大綁地押了進來，到了堂屋正中，便把他壓住在地上，面對祖宗牌位下跪。

我一看，那不是四叔嗎？他怎麼會變成這個樣子？四叔和我最要好，他那間大大的作坊是我最留戀不捨的地方。那裡面有我永遠玩不膩的碎紙條，都是他裱畫時裁下來的，寬的可以玩摺紙、畫圖畫；窄的可以黏成小紙圈接成一長串，用手撬得花花響。我那小腦袋瓜實在想不透，四叔犯了什麼大錯，要跪祖宗牌位。

這時只聽到祖父嚴厲地吼著說；「炳濤不學好，居然偷偷跑去抽大煙，他以為我不知道，天底下哪裡有瞞得住人的事？他違犯了我們董家一向清白的家規，我今天要當著祖宗的面打他三十扁擔。」說到這裡，他把頭轉向嚇得愣在一旁的大伯說：「炳林！由你來替我打。」說完他把手中的長扁擔交給大伯。

我一聽四叔膽敢去抽鴉片煙，馬上我的腦子裡就浮現出了隔壁龔八爺那一副骨瘦如柴，臉乾瘦得像殭屍，只剩幾個孔洞的可怕樣子。龔八爺就是因為染上這種惡習，龐大的家業都燒光在他手裡那桿煙槍上的。我也不知那來那麼大的勇氣，大概是仗著祖父疼惡孫的原故，我走到祖父身邊跪下對他說：「四叔以後再也不敢了，爺爺您饒他這一次吧！」

「不行！我就是要教訓他不可再有下一次。從今以後他和炳林一起在家裡作田，不要再裱畫。」祖父沒有理我，卻把手向大伯一揮，意思是要大伯趕快動手。四叔果然被按倒在地上，被大伯捧了三十扁擔，把祖母和四嬸都痛得眼淚汪汪。

四叔果然從那以後安安分分地待在鄉下和大伯一起作田，那間大裱畫作坊就一直荒廢在那裡。好可惜呵！如果四叔不去偷吸大煙，說不定早就成了一個裱畫的名家了。

煙毒的為害真是大得驚人，要防止消滅這種毒害的蔓延，首應從每個家庭作起，就像我祖父一樣，一旦發現就劍及履及採取措施，絕不姑息。

五叔的毛筆字

每每我一寫毛筆字，總是有人誇我的字寫得怎麼那樣中規中矩，一筆不苟；什麼時候會寫這麼好的一筆字，是怎麼練成的？每一聽到這種恭維，我便無地自容，根本不知如何解釋才會讓人相信，我這只有小時候才被逼練過幾天的毛筆字，居然到這七老八十的年歲，還會有人叫好，還追查我什麼時候會去練字。

就我那絕對百分之百世代工農的舊式家庭，從來沒有任何文化背景的家族言，要說毛筆字寫得怎麼好，那真是痴人說夢。我家的祖輩都是打剪刀的，也就是打鐵匠。他們把生鐵條塊，在鼓風爐火上燒成火紅赤熱，然後不斷錘擊成剪刀片形狀，接著是鍍鋼退火，再用銼刀去掉粗糙面，使兩刀面平整，最後是在磨刀石上磨出刀鋒來，兩扇刀面完成後，用鐵釘穿過上下兩片刀口的中間孔洞，使之合在一起，再錘錘打打絞正兩刀面間的吻合度，便成了一把可用的剪刀了。

以上的打剪刀技術是我祖父輩的副業，他們的正業其實是耕種那幾分祖產水田。但到我父親那一輩便全部不同了，除了大伯仍是一天到晚揹著鋤頭照顧那些水田外，我父親、四叔和滿叔全都到城裡去學藝做生意。只有五叔卻去一家大綢緞莊做了帳房，而且由於那一手的毛筆字簡直可以當習字帖臨摹，家族裡面每有必須正式用文字寫出的場合，都得由他來執筆。而且五叔比我祖父和父親還更逼我練毛筆字，當然這是我們湖南人傳統的文風，小孩子背熟《古文觀止》上的文章和練出一筆工整的毛筆字是成長必修的基本功課，大人們都督導得很嚴格。

但我一直不懂五叔的字為什麼會練得那麼成功，照現在的標準他足可稱為書法家。他和我成長的環境幾乎一模一樣，且他小時候也沒像我一樣有他這樣寫得好字的人督導。後來幾經思索才記起小時候五嬸生重病時，曾請來了五嬸的家人黃舅公從城裡來探病的事，黃舅公是在長沙城裡「城南書院」的著名學者，五叔大概是受到黃舅公的啟發和看重而把字練得那麼正典的。我還記得我八、九歲時每年清明節要給祖宗燒紙錢的事，那在我們那傳統守舊的大家庭是一年中的最重大的節日，所有的歷代祖先都必須燒給他五袋以上的裝滿紙錢的白包，上面必須規規矩矩寫上祖先的名諱和子孫的名字。這個任務從前都是五叔包辦，他到城裡去做事以後，這件工作便落到我頭上了。我為了能保有五叔的字的風格，早在沒有開始正式寫之前，便開始模仿學寫他的字，一直練了好久，才敢正式執筆。我想我的毛筆字現在還能規規矩矩地寫出來，還是因為有五叔的風範一直在指引。

還有更重要的是，父親在城裡的生意一直很忙，我的學業，甚至後來我當兵在西北闖蕩，我和家中連繫，回我家信的都是五叔為父親代筆，現在我還留有我在陝北榆林駐防，五叔以父名寫給我的家信，現在讀來感覺仍有他的體溫。我要感謝他自小就留給我這麼一筆可貴的遺產。

一只籐箱

那一只籐箱早就在我記憶中淹沒了。在臺灣生活這麼幾十年，壓根兒從來沒再想到過，我曾經還有過一只籐箱。

我把自己出版的幾本小書一次寄給了我那在隔海老家的一個侄女，她在那裡鄉下的一家中心小學當老師。由於我弟弟曾經被打成黑五類分子，沒念過幾天書，所以兩岸交流後，我和老家的聯絡便全由我這個侄女代筆。在看過我書中寫兒時回憶的幾件事情之後，她來信告訴我，她在小時候從奶奶口中聽到的有關我的事情記憶還新，也要說幾件給我聽。

她說其實自我少小離家一去不回後，家裡早就以為世上沒有我這個人了。可是她的奶奶，也就是我的母親幾乎到處找算八字的、測字的為我算命。而八字先生也總是說：「你的兒子命大壽高，人還在，等幾年就會回來。」奶奶就懷著這份希望，隨時等著我的出現，有關我的一切東西，奶奶都替我好好保存著，誰也不許碰。

「伯伯，您知道麼？我在七歲那一年，還因去亂動您的那只籐箱，被奶奶狠狠抽打過一次呢！」接著她描述那只箱子其實已經很舊很舊了，箱子表面的籐條已經發黑，反扣和上鎖的地方鏽蝕得非常嚴重，「連箱面上用漆寫的『董仲元』您的名字都要照著光才看得清。可是奶奶總隔不久要搬出來擦擦灰，對著籐箱出半天神。」

「伯伯，您那只籐箱裡到底裝過些什麼寶貝呢？奶奶一直等，沒有等到您回來。可是她老人家對您還在這個人世間的信心，卻惹來一場大災難。不久就被人檢舉有私通臺灣的嫌疑，把爺爺奶奶揪去公審拷問。爺爺是被打得內臟出血而死的，奶奶也癱在床上一年多才含恨而終。早幾年我還問我爸爸那只箱子的事，爸爸說那是您在外地讀中學時的一只行李箱，而且是您人未歸，箱子托人帶回的。再要問，爸爸的聲音便哽咽了。從此我不忍再提起，其實我內心裡很想知道到底是怎麼回事。」

讀完侄女的這封信，那只籐箱的印象突然像從天外飛來的一塊巨石一樣，從我塵封的記憶中砸了出來，痛得我老淚縱橫。

記得那還是我少年時代，我們家鄉的中學遠避日機轟炸，遷移到外縣市，我去讀書隨身攜帶的一只小箱子。當母親見我無法在她身邊，她總是把無盡的關愛都親手預藏在這只輕便的小籐箱裡，讓我隨時享用。裡面也不過是她親手縫製的衣褲鞋襪、丹方陳藥、信紙信封、一些零錢而已。但每樣東西上都能感受到母愛的溫馨。

後來日本軍隊尾隨到了學校，我只能穿著簡單衣物往後方逃亡，帶不動的棉被籐箱托給學校留守人員設法帶回家裡。從此一走千里萬里，我再也回不到母親的懷裡。

現在才知道，我的人沒有回去，籐箱卻被人安全帶回到了家，此後竟成了母親日夜思念我的傷心物。母親睹物思人地愛我想我知我的信心，最後竟也成了讓她招災惹禍的導火線。母愛天高地厚，我對母親不孝的這份罪行，是任何再高的悔悟藉口，也難以比擬的沉重呵！

今年（二〇一二）過年時，我那現在已快當小學校長的侄女又來電話向我拜年，不知怎的我又突然想到那只籐箱。侄女吃驚地說，您老人家還在想奶奶呀？我爸爸說那只籐箱在奶奶過世後就交給五姨保管，這麼多年後，五姨家早已翻蓋成大樓，舊東西早已不知去向了。

講詩記趣

那一天我起床特別早，正在裡裡外外忙活時，家裡請來照顧小外孫的菲藉女傭，為我這不尋常的早起特感奇怪，她瞪著大眼問我：「What makes you get up so early ?」我也急忙用英文順便回答：「I am going to make a speech about poetry in a club.」她聽了一後，用瞪著的大眼朝我全身上下掃瞄一陣過後，不信地問道：「Are you a poet ?」我也學著雷根總統的手勢，兩手一攤說：「Why not ?」她仍懷疑地看了我一陣，然後似乎無奈地說：「Ok, you are a poet. Drink your milk first.」意思說「好吧！算你是個詩人，喝光你的牛奶上路。」

那一天特別不尋常，老妻聽說我要到一個由董事長、總經理集會的財經俱樂部去為他們的早課講詩，特別興奮，在她的小錢包裡小心翼翼地抽出了兩百元，要我坐計程車去，免得讓那些財神爺久等。

好不容易找到了那家俱樂部，門口一位看來比我小不了多少的守門人，問我進去找誰？我說我是來「講詩」的。誰知那人聽後，連連向我呸！呸！呸！三聲，怒吼道：「走開點，一大早什麼『僵屍』、『僵屍』。」我知道我的湖南國語又闖了禍，趕忙說是裡面的祕書史小姐請我來為早課介紹一些詩的知識。他聽後要我稍等，要進去通報一下。約一兩分鐘後，只聽到一陣「歡迎向明老師」的女聲，由遠而近，由強而弱，待到看見我是個穿著布夾克的糟老頭時，聲音幾乎低沉到聽不見。顯然見我的熱誠已在逐漸遞減殆盡。

進去之後坐定，祕書小姐告訴我七時半才開始上課，那些大亨正在吃早餐。她問我吃過沒有，沒有吃過，非會員要繳三百元。我趕忙說吃過了，問她我上課有多少時間，她說只有四十分鐘，而且得留十分鐘回答問題。八時半老闆們得趕去上班。

聽說真正講課只有卅分鐘，要把上下古今詩的種種介紹給這些平日只在金錢數字上打轉的大亨們聽，我一下子就愣在那裡，不知要如何接話下去。祕書小姐又說，隨便說點給他們聽就好，反正這是例行早課，給他們一些不在他領域的知識就夠了。

原來只是為大亨們鍍一點點也有詩文化的薄金，害我慎重其事的足足準備了兩個禮拜，為了讓他們看看詩人們寫詩的能耐，我找來好幾本在詩界赫赫有名的詩刊，和一些大師級詩人的詩集，想就此請他們認識一下詩的皮毛，應該也不浪費他們太多的時間。但三十分鐘實在太少了，此時我也別無他法，只有按照原定主意走上了發言台，一眼看出去滿是頭髮油光發亮，身著名牌西服的大老闆。

不敢浪費時間，隨便客套兩句之後，我拿出一本印製得很端莊的詩刊請他們看，問他們有沒見過這種出版物。我把詩刊高舉左右地展示足足有好幾分鐘，沒有一點反應，很顯然的是他們除了鈔票、股票、支票、財務報表，從來也沒有見過這種叫做詩刊的紙本出版物。這真是隔行如隔山，也難怪了。於是我把一本詩刊所具有的各種特性，粗略地介紹了一下。然後我又問有誰認識哪一位詩人，問題提出好久都沒有人回答。我突然感覺寫詩的人實在很可憐，我們有那麼多偉大的詩人在被我們拱衛著，名字都響叮噹，怎麼一出我們寫詩的這個圈圈，便沒人知曉？正在煩惱之際，突然有位大亨細聲地說，我知道有個詩人叫做余光中，還是我在大學時聽說的。我頓時感到欣慰，總算不掛零了。想到這些大亨都是商場上的人物，當年在臺北市最繁華的武昌街，明星咖啡屋門前擺舊書攤的詩人周夢蝶應該是他們所熟悉的。於是我就說武昌街上鼎鼎大名的詩人周夢蝶大概你們忘記了。誰知他們你看我，我看你對望了一陣，都沒有人知道這號在我們詩界有「詩僧」之稱的熱門人物。我的挫折感越來越重，連我們引以為傲的周公都無法引起他們的興趣，我剩下的時間要如何掰下去呢？這根本就是雞同鴨講，要找到交集實在很難。

正在難以為繼之時，突然我說你們知道五月初五是什麼節日嗎？終於有人回答說是端午節，我又問「那一天還是什麼節日？」這一問大家又愣在那裡了，沒有人知道節外還有節，當然更不知道端午節正是紀念戰國時候的詩人屈原投汨羅江殉國的一天，詩人們便訂端午節也為「詩人節」。我把這一段歷史說給他們聽了之後，總算他們的知識範圍挨到了一點詩的邊。然而我沒有就此為止，接著又問：「還有一個節日也訂在五月初五這一天，你們有誰知道？」這一問當然更讓他們如墜五里霧中，不知道我這老頭又在賣弄什麼花樣。我知道這一問不但他們不知答案，恐怕就是大部分不讀閒書的詩人也莫宰羊。我說：「五月初五也是『同志節』，中國大陸上有一本專門研究同志的書稱作《同性戀文學史》，書中說中國第一個偉大的詩人屈原就是個同性戀者，是因為楚懷王用情不專，憤而在五月初五那天投江殉情。」到底八卦消息令人振奮，果然大家開始議論紛紛了。有人就問怎麼樣證明楚懷王對屈原用情不專呢？我說當然是從屈原他所寫的詩裡透露的。

我想這下可以正式談一些詩的內行話了。我說屈原是楚國的大夫，忠心耿耿地幫助楚懷王治理國政，可是楚懷王剛愎自用，聽信讒言，不但在外交上連連失利、斷交，連兒子子蘭也被騙到秦國囚禁，死在秦國。屈原洞悉秦王的奸計，每在尚未得逞之前，便對懷王提出忠告，戳穿謊言。但楚懷王屢勸不聽，甚至怒而將屈原放逐兩次，一次是在漢水之北，一次是懷王的兒子頃襄王將屈原放逐在湘、沅、洞庭之間。屈原是個詩人，他便把他無可奈何的種種積憤用詩的方式發洩出來。他寫詩的表現方式並不是直接的描述，而是採用象徵、暗示等技巧。屈原在《楚辭》中常常誇耀自己的美貌與華麗的服飾，並感嘆「恐年歲之不我與……恐美人之遲暮」，他把楚懷王和自己當作一雙戀人去托寄。而且多次稱楚懷王為「靈修」，所謂「靈修」乃古代女子對戀人的稱呼。《離騷》有云：「夫唯靈修之故也」，即是一切都是為了夫君（楚懷王）的原故。這種曖昧的假託寫法，好事的現代學者，便在這種曖昧關係上大作文章，故意將屈原的投江殉國，解釋為投江尋短殉情，以印證兩人在君臣之外，尚有戀人關係。我說完之後，大亨們果然提高了興趣，還盼我多透露一點他們從未想到過的祕辛。有人問：「老師，你本來是做什麼的？一直就靠寫詩維生嗎？」我說：「只差沒有討飯，什麼行業都做過。選擇了寫詩，是成本最低，且不要學歷。」

最後勉強把時間湊完，如釋重負地搭公車回到家裡，老妻歡天喜地地伸出一隻手迎接我，她以為我會像往常一樣把裝演講費的信封交給她，誰和我卻不慌不忙地從裝滿詩刊詩集的口袋裡，拿出一面三角旗交給她，口裡說：「他們宣佈下一場演講的主講者是副總統的公子學者XXX校長。這面會旗是代表他們對專家學者蒞會演講的最高敬意與謝意。」老妻的臉色比她從乳房開刀失血回來時更難看。她喃喃自語說：「去演什麼講嗎？蹲在家裡寫首詩，至少還會有一兩百塊錢。」

老楊的故事

至少有三十年以上沒看到老楊了，突然看到了他，心裡有抑止不住的興奮。今天早上出去吃早點的時候，一走進店門就看到老楊正背對著我在低頭喝豆漿，心想這老小子怎麼突然出現在這裡呢，連半點遲疑都沒有，我便跑過去拍他的肩膀，口裡還大聲地嚷嚷：

「老楊，怎麼會跑到這裡喝豆漿？」

被我拍肩膀的那人猛然回過頭來，讓我吃驚的是竟是一張嗆得滿臉豆漿的陌生面孔，哪裡是老楊？我連連說了至少十聲對不起、認錯人了，才挽回那尷尬的場面。心裡這才回味過來，剛才看來像老楊的那人，還是十二、三年前的老楊的模樣，如果老楊還在，還會是當年那個樣子嗎？真是好笑，自己都老得滿頭白髮了，老楊比自己至少大上七、八歲。

老楊所以讓我這麼念念不忘，實在是因為老楊當年的許多作為很令我印象深刻，永誌難忘。而那些作為在今天看來都會被認為不合時宜，甚至被看作大笑話的。但是就這樣才使我更加懷念老楊。

老楊其實不是什麼大人物，和我的關係也不過是湊巧被時間安排在一起成了同事。那些年我在部隊裡是中校參謀，老楊則是從部隊退伍下來的老士官長，調在我們這管後勤的辦公室做些傳送公文和一些雜務。我們每天至少有八小時會碰在一起。他每天上班後固定要向每一個人問一遍、要不要買飯票，或者要不要蒸便當。下班時篤定要關照我們把桌上的公文收好，抽屜保險櫃別忘上鎖。老楊還像在部隊帶兵樣地負責認真，雖然我們都是他管不著的同事長官。

大概過了兩三個月，老楊其人的許多軼事就傳開了。其中最令人傳為笑柄的就是他的節省成性。節省本來沒有什麼不好，而且應該算是一種美德，然而老楊的節省卻有點過了頭。據說老楊常常每天只買中午那張餐券，晚上就吃中午多拿的兩個小饅頭。又據說老楊從來不上街，必要上街時，他絕對走路來去，連只幾塊錢的公車票也捨不得花。去看場勞軍電影也是趕早走去電影院，又趕回來吃午飯，在外面偶爾吃碗陽春麵是從來沒有的事。有人打賭誰能讓老楊買包長壽煙請客，結果誰賭誰輸，連個煙屁股也別想。本來老楊就煙酒不沾，任何挖苦他吝嗇的話，他都不理睬，或者一笑置之。

誰都搞不清楚老楊要那麼節省的原因。士官長的待遇比一個上尉的錢還多，他又不要養家活口，一個人花那份薪餉非常寬餘。然而老楊從來不解釋他分文必較的原因。直到有一天他來找我給他寫信。

「董長官，幫我寫封信吧！很簡單，只要告訴她我很好，要孝順媽媽，要用功讀書，錢省著點用。」

聽完老楊的話，我一時都愣住了，原來老楊是有個家要養。可從來就沒聽說過，而且從來也沒見他回過家，幾乎天天都沒離開過辦公室。

他大概看出了我的困惑，趕忙就向我解釋，他說他有個乾女兒，其實也不算什麼真正的「乾」，只不過是他從前在部隊裡，他班上副班長的一個獨生女，副班長因病過世，留下一對弱妻幼女，孤苦無依，沒有人照顧，誰叫他從前是帶過人家呢？而且都是膠東老鄉，他又是獨身一個，便接下了這個替別人養家的任務，每月把自己大部分的薪水接濟那對母女。

「這有多久的事情了？」我吃驚地問。

「七、八年嘍！孩子已上高中了，功課聽說還不錯，等她大學畢業，找到事情，我就可以不管了。」老楊的臉上莊重得就像他真正是那個女孩的父親。

「怎麼這樣的好事，從來就沒聽人說過？」我都有點為他老蒙吝嗇的惡名而憤憤不平了。

「長官，這點小事要別人知道做什麼？從前我都是找我們輔導長寫信，我請他絕對要替我保守這個祕密。我就是吃虧認不了幾個大字。」

此後每月發餉過後，我便固定要為老楊寫一封信，直到我調離為止，從來沒有中斷過。我也從來沒有宣揚過這件事情，但是時間久了，老楊的這項義舉終究還是不逕而走，他的刻苦節省終究獲得大家的欽佩和敬重。

這已經是十二、三年的舊事了，要不是誤認別人為老楊，勾起了一段難忘的回憶，真不知道老楊現在身在何處？他培植出來的那女孩，怕現在已是一名社會精英，或相夫教子的模範婦女了，但願她永遠感恩老楊給她這一生的幸福。

從佛？從魔？

沒有事，端坐在桌前，面對螢光幕（電視和電腦共用），不是發呆，而是在狩獵，看到什麼中意的，不論是光怪陸離，或天花亂墜，要不故作正經，大發謬論，只要認為稀罕，有意思，能獲益的，我就會拿起筆，隨便找一塊紙頭，趕快把它記下來，視為搜索到的獵物。這些紙片，有些是月曆紙或廣告紙的背面，有些是競選傳單的空白處，隨寫就隨丟在電腦左前方檯燈下，等我興致來時抽出來處置。我稱那堆紙片為「福德公墓」，因為那裡面埋得有各色人等的各種聲音，等著我去認同，要我感慨，或使我不由得批評或讚美。

除夕前一日，我錄到名廚阿基師在接受訪問時說的幾句話，印象深刻，他說：

「一個社會是佛與魔共有的，沒有魔哪有佛。人有千百種，我們選擇從佛，不要從魔。」

戴著白色廚師帽的阿基師多年來即是電視餐飲示範節目的紅人，曾經擔任國宴的主廚，近年來時常被邀請到大學或社會公益活動中去發表演講，可說「粉絲」無數。但他自稱因家窮沒讀多少書，年輕時沒有一技之長，只好跟著「辦桌」的父親學點打雜的廚藝，由於自己肯學又有點天分，終於慢慢能獨當一面，成為大飯店的主廚，後又被電視台邀去示範做菜。他對廚藝這項專業，可說無人敢與他匹敵，中國傳統地方菜色懂得之多，食材認識經驗之豐富，以及調味之拿捏掌控均非常獨到，做為一方名廚，自是不在話下。但是以他的學識程度，這番只有悟道的高僧大德才能說出的金玉良言，啟人對佛法的認知，則就顯示他在歷練中所悟得的豐富人生修為了。佛魔相生相剋，亦如叢林法則之必然。幸有佛的般若大智，才能抑制魔的無知妄為，凡人必須修得本真的正法眼，作出正確選擇，一心從佛，不要從魔，方是正道。阿基師說的話和他調配的菜色一樣令人心服。

　說到從佛的必要，我那紙片堆中錄得有一首新加坡詩人蔡志禮寫的一首新詩，題目叫做〈一隻蛙的佛經〉，寫的是佛與蛙有趣卻又意味深長的對話，詩云：

一隻修禪多年的蛙

對佛說
Even though
I am a frog
我心中有佛

*

佛低頭看了蛙一眼
第一次感覺佛與Frog
聽覺上雖然如此的音近
而塵緣卻是如此的遙遠

*

佛輕輕地
嘆了一口氣
抬頭望著遠山
風輕更雲淡地說：
我是佛
我心中無Frog

這隻自認修禪多年的蛙，說它心中已有佛，而佛卻說他只是佛，心中並無蛙（英文 frog 與中文的佛字發音近似），這種兩造認知的矛盾差距，端在這隻自認修禪多年的蛙我執太重，誤以為佛與 frog 音近，他心中即有佛，他已被自己的錯誤認知所迷惑，無法確知自己的本性仍然是隻蛙，與佛的結緣仍很遙遠。其實即心即佛，用不著攀爬附會即會有佛緣。這隻蛙大概是「井底之蛙」。

今天有則很有趣的新聞報導，標題是「菇寮播放佛經，病蟲害大減」，這即是佛法無邊的又一明證。原來在草屯鎮一經營菇類養殖的農場，多年前經前來採購菇類的法師建議，在菇寮內播放佛經，可超度場內的小生物，減少菇類成長期的病蟲害。因為萬物生靈均自有其生命，養雞場放輕音樂，可減緩其情緒壓力，雞蛋產量大增，植物也應一樣。這個農場的菇寮十多年前即開始放送〈大悲咒〉和〈阿彌陀經〉，果然一直風調雨順，菇的產量每年平穩豐收，大家都去採購「聽佛經長大的香菇」。這就是從佛所帶來的福氣。

二〇一一年一月三日《福報》

建德奇景

一生到處閒逛，到過的中外名城古鎮，名勝古蹟不計其數，唯一最感遺憾的，居然從來沒到過山青水秀、人文薈萃的江南。因此當好友詩人辛鬱決定趁他的老家浙江慈溪楊梅成熟時，返家大啖紅豔酸甜的楊梅果，並將趁此去飽覽一下江南風光時，便毫不遲疑地要求作伴隨行，以便有他這匹識途老馬，導我臨老一償下江南的宿願……

去建德只是此行的一個小歇息地方，但卻是此行令我印象最深刻的一處所在。建德地處浙西，係距杭州一百五十公里處新安江畔的一個小縣，就在風景絕佳的千島湖近旁。然而當我一跳下開進建德的長途汽車，便因貪看四處迷人的景色，忽略了腳下出站鐵柵門的高門限，身子便被阻向側翻倒了下去，躺進了門下積水的泥淖中。當時在一旁的在地友人笑我居然跑到建德來拜碼頭，我說建德實在太美了，尤其新安江上浮起的那層濃霧，把對岸的山景，水中的舟楫，近旁的跨江大橋都像雲纏霧繞的，顯出一種只有在水墨畫中才有的朦朧美，彷如置身人間仙境，叫我如何能不有忘卻此身的興奮。但我這一傾身而倒，卻引來了一位大鬍子攝影家的關心，他就是此間建德旅遊局的胡建文科長，他聽說我們是來自台灣專門獵奇景找尋靈感的詩人，當下便把我們二人安置在江畔的羅桐山莊，讓我們盡情欣賞這出過伍子胥與朱買臣、南宋大詩人陸游在這裡寫過〈劍南詩稿〉，章燮在這裡編過《唐詩三百首》的小小古城。

大鬍子攝影家告訴我們，這新安江上圍繞建德城而起的霧，便是天下一大奇景，稱作「白沙奇霧」。其所以會這樣終年霧靄纏繞，從不止歇，係因附近千島湖的新安江發電站百米高的壩底，流出的江水繞城東去，常年保持攝氏十四度到十七度的恆溫，而地面溫度總是高過水溫十五至廿度以上，因此形成對流蒸發作用，而把整個建德城沉醉在虛無縹緲中。同時也調節了此地氣溫，使建德成為一極適合人居住的清涼世界。新安江繞建德東行的霧美得出奇，自是令人流連忘返，但因霧而生另一景緻，則更是別處罕見。要不是遇到熱心的胡建文科長，我們絕不會知道，我們這凡人的頭上，也會有「佛光」繚繞。

那天晚飯，我們吃的是建德「土菜」，光是那道新安江作的生魚片，連我這在台灣最怕嘗生魚片的挑食者，也搶食了幾大箸。飯後胡科長陪伴我們賞新安江夜景。這時江面上的霧已漸消散，對岸的燈光，江上的漁火，以及跨江大橋上的螢光路燈仍具明滅變換之美。沿岸行至有一明亮的路燈處，大鬍子突然要我們緊靠江邊的石欄杆，往下看水中自己的投影，我想我們又不是顧影自憐的納森斯，影子有什麼好看？誰知一看下去，奇蹟出現了，霧中的江面上，我們每個人的倒影周圍都有一道七彩光環，我們走動一步，光環便跟至哪裡，更妙的是幾個人並排站在一起，各人只看到各人的光環，不會重疊，也不會相互干擾。我們在江邊做著各種奇怪的動作，無論怎樣的躲閃，那光環總是追影隨行，恍如加持在高僧頭上的那道佛光。

胡建文先生解釋說，「佛光」在一些佛教勝地常見，四川峨嵋山頂上的就叫「峨嵋寶光」，新安江上也能見到佛光則實在稀罕。他說他首次看到自己有佛光照頂也大吃一驚。那是在一陽光強烈的夏日早晨，他發現他龐大的身影被陽光清晰地投射在江面的霧氣上，以他的影子為中心直徑約二公尺範圍即有七彩光環圍繞，他吃驚地寫了一篇報導在報紙上，告訴大家有「新安佛光」的發現。不過這一神奇景觀的造成，很顯然係江面的霧氣造成光線的折射而起分光作用，有如雨後彩虹的形成，而有霧的江面只有新安建德這一段水域，這是建德得天獨厚的地方。

在這新安江畔的建德，處處青山碧水，飛瀑流泉，誠人間樂土，世外桃源，怪不得吸引千千萬萬的遊客，來這兒樂而忘返。然而也有那視一切人世繁華興替於無睹的奇人，數十年如一日的棲居江上，過著與世無爭的放逐生活。那天晚飯後的沿江漫步，以及第二天一早的江岸巡禮，都會在新安江的水面上看見一條小小的烏篷船在離岸十餘丈遠的水中央停泊，我們只當作是一般水上人家，也沒多大注意，陪同我們的大鬍子卻建議我們以此烏篷船取鏡照一張風景照，他說這也是建德奇景之一。

原來我們小看那條不起眼的烏篷船。這後面還藏著幽深再也不會重演的故事。拿著相機的攝影家告訴我們，那條小小的烏篷船碇泊在那裡已經不知多少甲子，住在船上的這對夫婦已是九十多歲的老人，他們從來不靠岸，也不和岸上人打交道。我們好奇他們如何生活下來。胡先生說其實他們也有兒女，城內也有產業，生活還可以過得去，兒女們也一直希望他們捨舟登岸，過幾天腳踏土地的日子，但是兩位老人卻寧願住在船上，也不覺得狹小不便。他們仍靠捕魚維生，在每天傍晚下網，第二天一早收網，捕得的魚蝦便夠他們一天生活，其他便別無所求了，我們遠遠看到兩個老人低頭在船上忙進忙出。

我們這些靠廣大陸地過活的所謂文明人，看到這樣刻苦又不自由的過日子，以為一定是受到什麼限制而放逐水上，或有什麼刺激而離群索居，觀光局長終於說出了原因，解開了謎團。他說新安江上的漁民多是明初陳友諒及其部將的後代，因與朱元璋爭天下失敗，被貶入水上生活，永世不得上岸。這兩位漁民老人家大概是僅剩的苦守祖訓的被逐後代。在這進步到可以在星球間來去自如的後現代，建德還可以看到若干不足為外人道的明代遺風，這當然是現代一大奇景了。

二〇〇一年八月三日《青年日報副刊》

日月潭隨想

山擁抱著水
顯出厚重的體貼
水依偎著山
表露輕鬆的溫柔
如此鶼鰈情深的
向日月昭告
看出我們這美麗的島
是多麼的可愛美好

兩岸開放交流以後，中國大陸來的親友無不點名先要到阿里山、日月潭去遊覽，好像我們到北京不去爬長城一樣的遺憾，我總是不以為然地對他們說，中國大陸名山大川多的是，幾乎要看什麼氣質的山水都不難，何在乎這島上的小山弱水？他們有人雖然同意我的看法，但要去一探究竟的，誰也不能阻攔。有更多人的看法特異，他們說台灣的山水比較細緻，不像他們那裡的粗獷橫蠻，他們就是衝著這個憧憬去了這兩個景點，然後滿足地回去。

他們這個觀點，我這個身在畫圖中的人很勉強地接受了。直至九二一大地震夢魘般降臨以後，我才發現我們的山水果真細緻，老天爺都嫉妒，地牛幾次翻身就把日月潭這處美麗的山水震得遍體鱗傷，最顯著的就是潭水中央那小小的光華島，那本是一粒明珠鑲嵌在水上，月下老人在小島上笑瞇瞇的為多少少男少女撮合成雙，而今小島只剩下一小塊廢墟，所有青綠蔽天的植物和紅牆碧瓦的月老廟都不見了。聽說月下老人也震出了神龕，得了腦震盪，已移到潭邊一處廟中共享香火，現在小島已由人工浮橋環繞成一個觀察地震受害景點，每天遊人不絕。

當然地震造成傷害的地方還很多，有名的建築「涵碧樓」便震得支離破碎，可是現在看去幾乎都已復原，而且比以前更壯觀。我們去的第二天一早，領隊要帶我們到外面吃早餐，他指著街盡頭一處山坵上的小洋樓說，就在那上面，爬上幾十級石階即到。於是一行人便高高興興往那處高級飯店而去。登到那上頭，原來上頭即是碧潭公園，下臨碧沉沉的潭水，潭邊的野餐桌子上已擺得有各式餐點，好多先去的人已經就著日月潭上早晨最美的晨光在大快朵頤。那真是難得遇上的情調最美的一頓早飯。

吃完之後，領隊說要出發了，要上洗手間的請到對面去方便，我們只顧吃早餐，根本早已忘記那棟遠遠看到的高級飯店，及至走近一看，一邊門上標著一隻煙斗，另一邊門上則是一個梳著馬尾的女孩頭像，原來這是一處公共廁所，五星級的豪華設備。導遊的老師說，這裡原是憲兵隊的營房，地震把破房子震垮以後，地區觀光發展委員會把它改建成這麼一個最高級的公共空間，真是創意十足呵！

導覽的黃老師不愧是南投地區的文史專家，介紹起南投的中外古今如數家珍，每當詩人羊子喬仗著曾在南投縣府擔任過公職的經驗，一路也義務為我們解說南投的歷史沿革，但他每說一句即被黃老師打斷補充，他們一搭一唱地像在說相聲，可把我們逗得樂不可支，也不知他們是否早有協調和默契，故意製造「衝突」，加深我們對南投日月潭的認知和印象。

當黃老師告訴我們日月潭屬於魚池鄉時，不明就裡的我們不免詫異，大大的日月潭怎麼會在小小的魚池裡，當初取名時是不是弄顛倒了，我不敢當著大家的面質問黃老師，只敢在私下請教。黃老師一聽哈哈大笑，他把手邊的一本《來去水沙連》，翻到介紹魚池鄉的那一頁給我看，他說魚池鄉位於南投縣的中心位置，這裡的地理形勢屬於埔里「盆地群」的魚池盆地，清朝咸豐九年大批閩南人移居到這裡，因見池塘中有魚蝦悠游，先民們就稱此地為「魚池仔」，魚池之名即由此而得。

而日月潭亦為盆地群之一，不過面積較大，有四、五平方公里，就在魚池鄉正中間下方位置。日月潭在清康熙時稱作「水沙連」，其後又稱作「石湖」，「水里湖」，到清道光年間才有「日月潭」這個雅號。是以潭中光華島為基點，島北水面渾圓稱作「日潭」，島南水面形如彎月，故稱「月潭」，合起來便是「日月映光華」，多麼有文化光榮的名字呵！黃老師有圖有書為證的一番解說，使我頓開茅塞。最後他知道我也算是個寫詩的，他唸了一首清代詩人詠日月潭的詩給我聽，我很喜歡聽閩南語唸詩，他誦道：

山中有水水中山，
山自凌空水自閒；
誰劃玻璃分色界，
倒垂金碧浸煙嵐。

寫於二〇〇二年九二一大地震後二〇〇三年九月往訪重建後的日月潭，
刊《台日副刊》

不繫之舟蘇東坡

蘇東坡是有宋一代傑出的文臣，在文學史上是個有名的怪傑，凡是中國文學史上的文體，他無一不能，無一不精，都能卓然成家。他曾說「作文如行雲流水，初無定質。但行於所當行，止於所不可不止，雖嘻笑怒罵之詞，皆可書而誦之。」

這最後一句，真是一點也不假，我在這遠距他在世近一千年後的今天，通往西北大戈壁的一處地方，居然看到他的一副嘻笑怒罵而為之的對聯。

在由敦煌通往玉門關的戈壁灘前，位於寧夏省鎮北堡的地方，就在路的中途，赫赫然有一座古城，我們被安排進入城中用午餐。其時正值橫掃戈壁灘的風暴通過，我們幾乎進不了城門，好不容易伏地而行才進到城裡。裡面也是風沙蔽天，眼都睜不開。我們手上捧的飯盒，被風揭開滲進滿盒的沙粒塵土。進城睜眼一看，原來是一座拍電影搭建的佈景城，只有城門口的售票處和簡陋禮品店，有幾個當地的小姑娘看守。一問才知此城早就在幾部大片如《太平天國》、《新龍門客棧》中出現過。現在是空檔期中，所以看不到熱鬧。

我們付了門票到城內街道遊覽，一路上只見糧行、布莊、藥鋪、茶樓、飯館一應俱全。每家店門口都貼有一副對聯，各顯出該行業的特點。到得一處店鋪，店門是虛掩的，看不到裡面是做什麼行當，我們只能從對聯上去找端倪。對聯是這樣寫的：

月落香殘掃盡繁星數點
火盡爐滅常把一馬來拴

我們一行人雖都是舞文弄墨之輩，但都看不出這是做的什麼生意。只好去問導遊小姐。她得意的回答，你們當然看不懂，這是蘇東坡的詩謎，不知考倒過多少人，不過一猜出來便會啼笑皆非。但我們這些也算是詩人的，全都不知蘇大學士這回到底賣的是什麼藥。導遊小姐才說這是一家「剃頭舖子」，我們如果往頭上去猜會比較容易。經此一提點，終於我們猜出來了。常說「指著和尚罵禿驢」，此詩的謎底即是指「禿驢」二字，蘇東坡的玩笑鬧大了，也挖苦得很絕。

遊完敦煌、玉門關等景點，我們往回程經蘭州往西安進發。西安最吸引我們去的地方是碑林，我們這些所謂詩人不少在練書法，都想到那裡去找中意可臨摹的碑帖。碑林內有現拓的碑帖可買，且臨場立等可取，看得真切，如假包換，但索價甚高。倒是外面的街道上到處都有拓好版本，要價非常的低廉，多買還有折扣。我們找到一家農民模樣樸實的老先生，他指著架子上成堆的碑拓說，你們隨意挑，每張五元錢（人民幣）。這一挑，我又找到蘇東坡了。先是找到一副對聯，只見筆勢翩然，勁道十足，好一筆莊重的行草，怪不得當時的人們為了要得到蘇學士的墨寶，不惜用任何手段達成願望。另外一章就非常特別了，據說蘇東坡有兩首不為人知的絕妙回文詩，原係他作夢時所得，莫非我們找到了其中之一的孤本？這首詩寫成一個古典燈籠的形式：

微 醒 時 已 暮 賞

如 馬 去 歸 花

力　飛

酒

妙的是從上往右順時鐘讀下去是兩句七言詩：

賞花歸去馬如飛，酒力微醒時已暮。

亦可斷句成一小段記事的散文：

賞花歸去，馬如飛，酒力微，醒時已暮。

更可讀出以下詞的韻味：

馬如飛，
酒力微，
醒時已暮，

賞花歸去。

總之怎麼讀，怎麼都有味、蘇大學士把漢字的一字一音、一字一義的特點，發揮得淋漓盡致。

蘇東坡曾因直諫朝廷，三次被貶，在題他自畫像時，有一首六言詩概述他一生奔波勞碌的遭遇，他寫道：

心似已灰之木，身如不繫之舟。
問汝平生功業，黃州惠州儋州。

這最後被貶之地儋州，在今之海南島，明代稱瓊州，首府文昌縣設有蘇公祠紀念這位在此待過三年的蘇東坡。我因開會之便，也曾到過有天涯海角之稱的古瓊州，在蘇公祠內與看祠的老者閒聊，他道出一段蘇大學士在此險些未能出口成章的糗事。蘇東坡到達儋州受到當地人士的愛戴，但由於係貶官，不能享有官舍，當地人士乃挑土運磚助他造屋三間，供他居住。他也適應當地風俗，食芋果腹，飲澗水止渴，過著極簡樸的田野生活。有一天他到田壟間去散步，恰值農夫們在放乾水塘，挑出塘泥肥田。大學士大路不走偏要到窄窄的田埂上蹓躂，誰知迎面走來一個挑塘泥的農婦，二人相對，居然各不相讓。這時蘇東坡傲氣難忍，便說：「我是讀書人蘇東坡，妳這個挑泥巴的讓路我過去。」誰知那農婦一笑回答道：「你既是個讀書人，一定滿肚子學問，我出一對子，如果對得出來，我馬上讓你過去。」蘇學士一想，料妳這認不得幾個大字的農婦也出不了什麼難題，便說「妳出對吧！」，誰知婦人脫口而出：

一擔重泥擋子路。

蘇東坡一聽大吃一驚，這對子看來簡單明瞭且就地取材，實則暗藏玄機，重泥是孔老夫子「仲尼」的諧音，而子路又是孔仲尼的大弟子，整句可以意會成「一旦是孔老夫子擋了你小子的路」，你該如何？語氣非常有挑戰性。蘇東坡遲疑半晌，答不上話來。兩旁看熱鬧的農夫村婦都哈哈大笑，笑蘇大學士的辯才終於碰上了對手。

總算蘇東坡見過的場面多，在朝論政時都曾言人所不敢言，道人之所不能道，這農婦的俗對，雖說確實有針鋒相對的難度，但還難不倒他，他看到兩旁看熱鬧的人都笑逐顏開，便也隨機取樣地說：

兩旁伕子笑顏回

伕子即通稱的挑夫，也是夫子的諧音。顏回也是孔門的弟子，與上聯對得嚴絲合縫，也切合現場情況。婦人聽後非常滿意，直誇蘇東坡是個真正讀書人。但蘇大學士心裡也有了反省，他想別太看輕村夫野婦了，他們之中也有高人呵！隨即他脫掉鞋襪、走下水田，讓挑擔的農婦往前走去。

寫於二〇〇一年一月二十二日《中華副刊》

弱者你的名字現在叫做老人

常常因我執而透明在貪瞋癡怨的前面
常常因耳背而無助在讚歌頌詩的前面
常常因呆滯而厭棄在蒼蠅老鼠的前面
常常因蹣跚而追趕在噓聲咒罵的前面
常常因未嘗盡世間一切甜蜜，而猶張著大嘴
等在死神的前面

不幸現在的我也快和他們一起
混跡在一切可能又可憐的前面或後面

從前說「弱者，你的名字叫做女人」，一句話激起了後來風起雲湧的女性主義。現在我譏諷老人是「弱者」，照說也應該有點反彈，打槓子，吹哨子都可以。誰知直到現在連一個老人最常放的臭屁也沒聞到。可見老人都「強」不起來了。不論恭維或損他，耳朵早已重聽，哪管他男人女人。隱地看到過世前的劉枋大姐，說她瘦弱得像剃了頭髮的小老頭。而他在開會時看到頭髮眉毛全白，瘦小的余光中教授，卻又覺得他萎縮得像個小女人。人老了真是可憐，連性別都會變調。

沒有人會承認自己已老或者老之將至，這大概是人之常情。我在一首詩中對妻發現我頭上的白髮驚為「秋後葦花的變局」，曾斥責她說「哪有這種糗事／現正彈足糧豐／未經一戰／怎可擅自／就把白旗挑出」。那時我已五十來歲，尚且信心滿滿，何況年輕人，當然更不肯對歲月認輸。

但有一個年輕詩人唐果，大概是過於早熟，居然寫了一首詩〈我說我老了〉，不怕你不相信，她在詩中還舉證歷歷，硬說老已上身，詩中說：

我說我老了，你們笑話我
論年紀，你們稍長，我自有道理
據說男人老了撒尿敲腰
尿液像雨停後的屋簷水
我的老也不完全表現在皺紋的多寡上
去年我的睡眠是垂直順暢的線條
今年變成打著很多結隨風飄蕩的繩索

這首七行小詩把老的徵候形象化得維妙維肖，令人叫絕，我而今的情況也大抵如此。不過我仍未覺得這便是老，總把它當作一部機器使用過久之後的常有現象。我的老妻也從不覺我老，她總是在叮嚀我這個那個之後，加上一句「我這是為你將來老了好！」看吧！我的「老」尚是「未來式」。

今年八月初，我應邀到青海湖去參加「國際詩歌節」。到達那海拔四千五百多公尺的青藏高原上，從美國去的老友非馬見到我劈頭就問：「你不是剛過八十歲的生日嗎？怎麼也敢到這空氣稀薄的地方來？」我把兩手一攤，學著雷根總統的口氣說：「Why not! 你看我不是好好的嗎？」他笑著說：「等著瞧吧，過兩天再說。」節目排得很緊湊，幾天來除了論文發表，詩歌朗誦，還就近參觀罕見的丹霞地貌和日月山，最終還到最高點青海湖去享受世界上最無污染的碧海藍天。我和老妻跟著來自三十二個國家的詩人一樣忙上忙下，沒有一點異樣。來自斯洛伐克的老友漢學家馬里安・高利克頂著滿頭白髮，自以為年紀最長，他操著帶洋腔的北京話（他是早年北大留學生）喊我老弟，我說：「慢著。你多大？」他說：「都七十五啦！」我說：「抱歉，我今年八十初度，比你痴長五歲。」他不信地看著我，旁邊的人也吃了一驚。有人問我有什麼養生之道，看起來還這麼年輕？老妻在一旁多嘴說，他呀吃得少，又不愛運動，整天就守在電腦旁，寫呀寫個不停。這時旁邊一位從東北來的年輕詩人插進來說：「我在去年耶誕節晚上的網路對談時，就和向明老師空中對過話了，那晚圍著來自全國各地的詩人，大家你一言我一語，向明老師一一從容作答，筆下一點也沒倦態，我還以為他一定年輕才撐得住。」我說我也不知道自己為什麼會是這麼頑固地活著，不過我念幾段詩給你們聽，可能會透露一點風聲。於是我說：

一

誰才能穩住一汪大海呢？
心呵！拜託你
你就自制點吧。

二

處在眾聲喧嘩中

越來越不願往自己身上
再貼金鑲銀
一個泥塑的菩薩
在疏落的香煙中
珍視自己的
一世清貧

三

真願變成一隻蛹
一輩子成不了蝶
也無所謂
只要
藏在沒有花粉熱的
繭居中

四

不再計較

白天的激化，夜晚的對立
春寒的蝕骨、夏日的驚雷
秋決的恐怖、冬夜的濕冷
一切都交微笑去淡化
一切都待詩
去反芻、去消瘦、去沒入

念完後，我說這四段「零碎詩」不過是我「自制」、「自足」、「自閉」和「自清」的表達而已，像這樣的雲淡風輕心境，時間自然難在我臉上心裡劃上幾道皺紋。

寫於二〇〇七年十月十四日《華副》

陪周公飆未來

二〇〇九年十月某一日，陪周公穿過中正紀念堂到車站去坐車回新店，剛一走進正廳的側門，便被立在一旁的一塊看板所嚇住，上書斗大的一行字「飆未來——未來主義百年大展」。周公停下腳步，瞄了一下，我也感到有些好奇，不知道「飆未來」是如何的「飆」法。徵得周公同意，我們順道進去探個究竟。購票時，周公一看每張票得花二百五十元，吃驚地看了我一眼，意思好像是說「怎麼這麼貴？」我附在他耳邊說「未來總是很貴」，他苦笑了一下。我領著他向展場門口走去。入門的地方像要走進一處礦坑，又窄，又黑，只有頭頂兩側閃著一明一暗的LED微弱綠色光暈，好像真是在走入未來的神祕氣氛。我緊抓住老人的手臂，以防他在黑暗中行走不穩。

甬道不長，一到裡面便是燈光明亮的展覽大廳，四壁牆上掛著一幅幅畫家的作品。果然全是所謂「未來派」大名家畫作。自發起未來主義文藝運動的義大利詩人、作家、戲劇家菲力普・馬里內蒂開始，很快便被吸引，看到投入了未來主義的薄丘尼、巴拉、卡拉、瑟維里尼、盧索羅，以及隨後加入的德裴洛、西隆尼、普蘭波利尼、富尼及巴德薩利等這些大名家的珍貴作品，佈置滿滿在三大相連的展場內。好多都是從世界各大藝術博物館商借或出租而來，光是保險費就是好多億新臺幣。在這世界各地都在高喊「文創事業」的今天，我們終於享受到一次非常「貨真」的「文化創意」大餐，更是親歷一場「價值不菲」的「文化事業」大展。直覺看上去，這高價的入場券（合周公五天的生活費）還很值得。

未來主義是一種結合藝術與生活方式的藝術流派，在於忠實呈現出現代生活的複雜面。未來主義者們以為時間與空間已隨時日俱逝，我們活在這個變化快速的絕對現代，世界會因加速度的變化而更加壯觀複雜。未來主義成立於廿世紀初年，當時工業革命正方興未艾，科技在迅猛發展，比他們稍早成立的立體主義追求的是靜態、機械、幾何的美感。而未來主義則欲以動制靜，他們歌頌「速度之美」和「動力之美」。讀馬里內蒂當時發佈的「未來主義的創立」以及「未來主義宣言」裡面的語言激情、煽惑，看後便會跟著熱血澎湃，激發得聽到窗外高速賓士的汽車都會以為是野獸在怒吼。據美國意象派大師伊斯拉・龐德說：「如果沒有馬里內蒂，則喬艾斯、艾略特和我以及其他人所創立的現代主義運動，就找不到淵源。」

一路陪著九十歲的周公（比未來主義小十歲）沿著規劃動線看著爭奇鬥豔的未來主義畫作，我憑著對此藝術流派的粗淺認識向他講解，他一路默默聆聽，他突然問我，不是「飆未來」嗎？怎麼一點也看不出動靜？這個問題確實難倒了我，我想了想只好說，未來主義是一種結合藝術與生活方式的藝術流派，在於忠實呈現出現代生活的複雜面（以畫作）。未來主義者們以為時間與空間已隨時日俱逝，我們活在這個變化快速的絕對現代，世界會因加速度的變化而更加壯觀複雜。未來主義現在已經進入他們當年（一百年前）追求的「未來」了，他們已經「飆」了一百年，達成了他們的目的，這裡是他們的成果展示。

我默數著未來主義宣言中他們要追求的項目給周公聽，宣言中的第一項說：「我們要歌頌追求冒險的熱情，勁頭十足地橫衝直撞的行動。」第三項說：「我們讚美進取性的運動、焦慮不安的失眠、無厘頭的奔跑、翻跟斗，打耳光和揮拳頭。」第五項中說：「宏偉的世界將獲得一種新的美——速度之美，一輛賽車的外殼上裝飾著粗大的管子，像惡狠狠張嘴哈氣的蛇；一輛汽車吼叫著，就像踏在機關槍上奔跑，它們比勝利女神的塑像更美。」第七項中宣稱：「離開鬥爭就不存在美。任何作品，如果不具備攻擊性，就不是好作品。」未來主義對於我們所從事的詩，有著更強烈的期許，宣言中說：「詩歌意味著向未知的力量發起猛烈的攻擊，迫使它們向人匍匐臣服。」從九到十一項的宣言一項比一項更激烈，完全是造反和革命的口氣，「我們要歌頌戰爭，這是清潔世界的唯一手段。無論軍國主義、愛國主義、無政府主義的破壞行動，我們要歌頌並為之獻身。我們稱讚一切蔑視婦女的言行。我們要摧毀一切博物館、圖書館和科學院，向道德主義、女權主義以及一切粗鄙的機會主義和實用主義的思想開戰。我們要歌頌聲勢浩大的勞動人群、娛樂的人群或造反的人群，我們從義大利向全世界發出這份具有衝擊力和煽動性的宣言，告訴大家，我們今天創立了未來主義。」

我在周公耳邊一路細訴我對未來主義所知，他聽完一項便會不解的望我一眼。他的耳朵重聽，我也不能太大聲，所以不知他究竟聽進去了多少，聽懂了幾分？對一個平日深研佛學，窮通中國古典的老詩人而言，面對這些新的西洋流派藝術思潮，和向異想世界找靈感的抽象畫風，縱我有如簧之舌，和豐富的西方藝術知識，恐怕一時之間也難以解釋得清，不知能讓他接受和理解多少。我在走完動線，臨要離開展場時，像剛逃脫一場世紀的災難一樣，帶著餘悸的口吻對周公說，「未來主義宣言中當年所追求的各種驚心動魄的速度，顛覆與推翻，戰爭與革命，向道德和傳統的仇視等等未來夢想，似乎都剛親歷其境地從我們身邊過去。原來他們當年追求的『未來』就是我們現在所生活的『現代』，他們的夢想就是我們現在的經驗，你看他們所追求的一切不都活生生出現在我們目前麼？」老人似乎頗有同感地向我笑了笑。這時大馬路上，幾輛野狼機車風馳電掣的狂飆而過，他們正在不要命的「飆向未來」。然而周公要回新店他的「浪漫貴族」，照例他必定要走到台北車站附近的公車起站去坐，因為他已懼怕「速度」的狂飆，必須有座位供他穩穩坐定，送他安全回到他那安靜的家。

二〇一一年三月號《文訊》

意外出詩人

我的老家有一句觀人的歇後語「人看即小，馬看蹄爪」，意思是人有沒有出息，可從他自小的一舉一動都可以預判得出來。我從小就非常沒有出息，懦弱、愛哭，加之體弱多病，不但從來沒有龍盤虎踞之志，還老被罵為「百步大王」，意思是離家百步之外，便會沒有主張。因此小時候，家在祖父主政的威權之下，我的前程是安排去讀幾年舊書，曉得記帳打算盤，然後跟著長輩當學徒做生意。誰知日本侵略戰起，政府實行焦土政策以迎敵，眼看日本人快打進城時，一把大火，把我家的三處生意，一夜之間，燒得精光，我一樣也沒學成，全家便被迫逃到鄉下種田。我則安排到一家私塾去讀舊書，也多虧那位老秀才的戒尺逼得我生吞活剝了些經典文章，意外地成了我這一生從事文學的最墊底營養。

記憶中，我們家唯一與新文明扯得上一丁點邊的有兩件事，一是一位遠房又遠房當新聞記者的堂哥，但我那保守頑固而又權傾全大家族的老祖父對他是嗤之以鼻。另外一位是我那畢業於上海美專的紈褲子弟姑丈，他能寫，能畫，會票戲，我而今能唱兩句二簧西皮，都是去看姑姑時聽他們家的話匣子，而偷學來的。早些年我還曾用水墨畫一樹橫斜的枯梅，也是在姑父揮筆時的心領神會。反正三〇年代頹廢文人那一套他都在行，當然還包括討小老婆。我之能接觸到新文學全拜我這位姑丈所賜。戰火威脅到他那城郊的小洋房時，他把十幾箱書和畫全搬到鄉下我們那老屋。他開始亡命在外，我成了那些書的新主人，除了私塾要背的古書，我總是爬上閣樓去和魯迅、巴金、曹禺、張天翼等人的作品會面。那些書給我這本來閉塞的小心靈，帶來許多從來聞所未聞的所謂封建遺毒的資訊，從此無意地埋下了我今生投入新文學的火種。

後來我也被日本鬼子的砲火追趕得亡命在外了。十四歲不到，初中才上了一年，便單身一人被迫往大後方流浪，投身到幼年兵陣營，從西南的瘴疫之地到西北貧瘠的黃土高原，從塞外到海島，從打鬼子到打內戰，從包抄圍剿到海上突擊，從打擺子到出任務輾斷大腿，幾乎無役不與、無一苦難我不親臨。中國近代史上多難的這一大段，我有幸全部親臨。這便是我打從十四歲被迫離家後，直到二十歲登上這個島之前，一段艱難崎嶇的青春歲月。一路只有硝煙和苦難以及驚險，沒有前景，沒有希望，更沒有一個親人可以投靠得到支援，一切都靠自己打點。可貴的是，這一課課最真切壯烈的存活教訓，也都像警鐘催促我成熟成長，知道首先必須強化自己，才可找出未來在這世界存活下去的本領。於是我開始偷出軍營的圍牆，冒著被衛兵逮捕的危險，到外面的補習班去求知，從ABCD最基本的英文讀起，直到大學程度的英文選讀與寫作，另外讀文藝函授學校以充實國文基礎，開始寫散文和寫詩。那些烙印在我的記憶裡，常人求之不得的過去生活作為我寫作的資本，開始走我自己的路，寫我自己堅持的詩文，讓我的作品深入現代生活的本質。也因這些苦讀自覺的付出，我居然成為早年三大詩社中最難進入的「藍星詩社」的一員。這一切的收穫，雖說歸因於自己覺悟得早，但也覺得來得意外，因為那時尚未有所謂「生涯規劃」這字眼。

「藍星詩社」是由渡海來台的前輩詩人覃子豪、鍾鼎文，以及當時的青壯詩人鄧禹平、余光中、夏菁等人發起組成，與稍早成立的由紀弦先生帶領的「現代詩社」形成對峙。「藍星」則既不成為派別，也無任何號召主張，唯一的好處是在當時的《公論報》副刊有一每週一次的版面，稱之為《藍星週刊》。凡能在這份週刊上發表作品的便是「藍星」的一員，既不用填申請表，也無需繳會費，完全以作品來當身分證明。這種所謂的「柔性」詩社自能更吸引詩人參與。外面對「藍星」的評語是「個人成就大於詩社成就」。對於這樣的評語，我不認為這對「藍星」有損，反而應該是一種讚美。其評為「個人成就」大於詩社成就，乃在藍星的成員雖然不以現代相標榜，但幾位主要同仁卻對外國詩家各有心儀，像余光中、夏菁一直深愛英美詩，作品每有葉慈、佛洛斯特的嚴謹風味。覃子豪之鍾情法國象徵主義，另外黃用之喜愛超現實主義，吳望堯之有惡魔主義傾向，阮囊的現代感絕對不亞於現代派諸君，都可獨自成為一家，令人激賞。其他同仁如蓉子、羅門、夐虹、張健、王憲陽亦莫不具有溫和的現代主義傾向，是以在當年新詩論戰時反而能站在維護現代主義立場的一邊仗義直言。藍星詩社的另一特色是一向保持中國詩固有的抒情傳統，認為過分強調知性只會使詩更枯燥乏味。同仁間也似乎有一共同默契，即是大家絕不相互推舉吹捧，必須自己努力完成自己。以我這麼一個先天既不足，後天又失調的詩的追求者言，處在這麼一個強勢的環境中，要做出一點個人成就是非常吃力的。然而我真要感謝藍星這個富挑戰性的環境，使我愈戰愈勇，促使我更加努力，縱然不能有突出的個人成就，至少能和其他同仁站在同一等高線上。我始終以為能夠躋身這麼高貴的詩學之林，真是一個天賜的意外。

二十一年前我和中生代詩人共組《臺灣詩學》季刊是我詩生命的第

二度挑戰，因為我大膽的誤入由學院為班底的詩人及詩評家陣營，他們個個都是國內外的文學博士，而只有我一人是丘八出身，且年齡高得可以當他們的父親，甚至祖父，我是有點不自量力的。我除了每期定時供給詩稿外，並為專題撰寫評論，創刊號的一篇中國大陸的臺灣詩學〈不朦朧，也朦朧〉，將中國大陸的那位專研台港詩的權威評論得體無完膚，至今仍在到處挑釁。

《臺灣詩學季刊》而今已是兩刊：《臺灣詩學學刊》、《臺灣詩學——吹鼓吹詩論壇》及一份網路電子報的全世界獨一無二的詩學發行刊物，所有的十五位同仁中，我這老朽從來不落人後有作品發表。因此外面對我的評語不是「向晚愈明」便是「大器晚成」。而由於大器晚成的盛名，我頻頻被邀請去講詩，去當文學獎的評審或論文講評，更意外的是我竟大膽地應邀去開「新詩一百問」的專欄，接下這個任務之後，我才知道外界，尤其從事教現代詩的老師和一些對詩有興趣的學生及年輕人，對詩的基本認知資料非常欠缺，誤解也多，難怪現代詩是這麼受人誤解。《新詩一百問》由出版社出書後，受到意想不到的歡迎，連在大學教現代詩這門課的教授也認為這種深入淺出的談詩方法，不是枯燥的學術論著所能達致，很多中學校的國文老師也都認為這種解問的方式對他們教學最受用。將這種寫詩讀詩所得經驗心得形諸紙上，獲得良好反應以後，我乃以詩話與隨筆的方式，繼續漫談詩的種種切切。已經出版七本書，一個非文學科班出身的人能夠誇誇其談這浩瀚詩海中的環迴曲折，除了膽大包天之外，實也是By Accident。

也許更令人感到意外的是，我那發憤而求得的一些基本學識，不但使我在文學的追求上成為一個中度資質的詩人，更在我生存另一基本面職業上，使我成為走在時代尖端的電子工程人員。我在當少年兵時學的無線電通信基礎技術，來台後為一基層通信士官，但在我發憤求知後，竟因在詩歌競賽中獲得士兵級首獎，而破例再訓晉昇為軍官。而且不久即考取赴美國空軍電子科技中心學習進入時代新紀元的一切必要科技與新知。這是我生涯中另一更大的挑戰與冒險，其所涉及的高等運算諸如微分方程等都是如天書一樣難上加難，我的程度根本難以對付，但我居然咬牙堅忍地學成回國，後來成為軍中的重要科技參謀人員，晉升到上校年資屆滿仍授命延役服務。我這不學無術的庸材，能在文學與科技的兩大高峰上走鋼索冒險，且都成績差強人意，當然這更是神仙也想不到的意外。

王憲陽很陽光

——懷念他對「藍星」的深情

在這星空無限藍的日子，對「藍星」投入最多、寄望最深的藍星詩社同仁王憲陽居然在他才七十四歲的日子，便被病魔劫走了，真是令人難以信服，真是叫人深覺天公實在不公。天下壞人、米蟲那麼多，為什麼忍心對這麼一個對世界熱情，對文字忠誠的可敬的詩人下手？

藍星詩社係於一九五四年三月在台北市中山堂旁露天茶座，在覃子豪、鍾鼎文、余光中、夏菁、鄧禹平等詩友的討論下，組成詩社，並命名「藍星」。待到是年六月覃子豪先生借到當時發行甚廣的《公論報》副刊半版篇幅，於六月十七日開始每週五出刊一次《藍星新詩週刊》，是藍星詩社成立後的第一份詩學刊物。這份週刊網羅盡當時詩壇初出道的年輕詩人，如白萩、林泠、瘂弦、周夢蝶等大將。這份當年唯一出版的報紙型詩週刊出版了四年多達211期之後（一九五八年八月二十九日），因報紙停止發行而終止。

王憲陽原係笠詩社創社發起人之一，他沒有繼續參與笠詩刊的活動，也沒有參與眾多年輕詩人加入正火紅的主知的現代派，而在守住詩傳統抒情的藍星詩社詩刊上寫詩，並支持藍星的一切作為，這是一件罕有的選擇，只能說這就是所謂投緣吧！王憲陽正式獻身藍星詩社是《藍星新詩週刊》停刊後，於是年（一九五八年十二月）由同仁出資再度創刊為一摺疊型的「藍星詩頁」（又稱「小藍星」）上。他在創刊後的第三期即開始發表作品〈冷的斷想〉，與洛夫、吳望堯、黃用、羅門、夏菁等共享篇幅有限、卻僅限精品的詩頁版面。這份迷你型詩刊代表著藍星奉行抒情傳統與當時現代主義主知詩觀的融化轉折，呈現出一種溫和現代抒情詩的新風格，除王憲陽外，當時尚有阮囊、商略、夐虹等新旋律共同主奏，一時蔚為風尚。王憲陽除不時有新創作發表，並曾主持第58期至63期編務，屢出新招，極有生趣。

這份小而美的詩刊辦到一九八四年六月三十日出刊的73期止，因改版停業。改版後變為25開本的《藍星季刊》，頗有接續一九六一年十月至五一年十一月，由覃子豪獨資主編的《藍星季刊》四期（第五期已編妥尚未付印，覃氏即因病住院終至不治，詩刊亦隨之壽終）之意，故又名《藍星季刊復刊號》。這份新的藍星版本詩刊，原係我在成文出版社翻譯外國旅遊文獻而結識社方負責人黃成助先生，他聞知我所主編過的藍星刊物已停刊準備改換版型，成文願意出資達成我們改版的意願，並稱如果辦得不脫期，又內容堅實，他們願意每期付稿費。這是一種前所未有的極大鼓勵，在藍星堅強作者群的支持下，本應積極有所作為，編出一本空前未有的詩刊。然而由於部分老同仁主張，認主編一職應由全體同仁逐期輪流擔任，不應由任一人獨擅，以示公允，同時大家均可歷練。此本為一可行的構想，但編輯一份詩刊的任務並非人人可以勝任，尤其根本沒上過編輯台的素人，因此，每一任上台便不知如何著手，再加之全係兼差，脫期乃係自然之事，有時一年尚出不了一期，而且每次均由我出來善後。編輯有張健、敻虹、方莘、羅門、羅智成等六、七人輪流（我是救火隊，不能具名），直到快十年後的一九八三年，成文不願再這樣毫無希望地支持一個扶不起來的阿斗，才由林白出版社出資，由王憲陽接手主編了16、17兩期《藍星季刊》，然後便又無以為繼了。王憲陽雖又出來收拾爛攤子，但他和我一樣均非主幹，只能乾著急，惟恐這麼一個有輝煌歷史的詩刊會無疾而終。

這時候王憲陽已不再教書了，改行去紡織界作布匹外銷生意。在無法兼顧之下，他便淡忘了詩好長一段時間，因之在我後來主編九歌版《藍星詩刊》（一九八四－一九九二），這八年的32期詩刊上，他沒有發表過一首詩，他的三本詩集《走索者》、《千燈》、《愛心集》及

《新詩金句選》均是一九七八年以前的作品。

九歌版《藍星詩刊》創刊八年後的因故停刊，也恰是爾雅版的《年度詩選》停辦，一九九二年是台灣新詩厄運的一年，卻觸發了一批崛起的中生代詩人的覺醒，蕭蕭對我說：「沒有關係、我們馬上辦一個新的詩刊，來延續這兩本詩的出版物的新生命。」這就是《台灣詩學季刊》的應運而生，我這個老生代詩人作了這本由八人出資創業的詩刊的首任社長。在我和憲陽都無餘力再為藍星分心的情況下，藍星這塊老招牌沉寂了七年，直到一九九九年才又獲王憲陽的大力推薦，由淡江大學中文系接力支援，並重新命名為《藍星詩學》，總編輯為該系教授、藍星中生代詩人趙衛民擔任。王憲陽在台大中文系畢業後，曾任教台北市私立延平中學，趙衛民是他的學生，還曾經支助過衛民及其他幾位困難的同學，所以「藍星詩學」有他的愛徒接任，他非常高興，總是對我說你要支持他，把你的編輯經驗傳授給他，我說那是應該的，衛民的家就在我家隔壁不遠，我們常見面。而他自已除再寫詩支持詩學，並且募款為新生代詩人出版詩集，共兩次六人，這是台灣新詩史上一次前所未有的創舉。我曾誇他對「藍星」真是有情有義，而且總是在絕望時付出希望，總是滿面陽光。

《藍星詩學》不負詩學之名，除原有的老同仁均大力以稿支援外、並推出專題特輯與同仁回顧專號，校園詩人區與評論譯介文字，具創新與傳承的特色。

唯季刊出至二〇〇四年一月第21期後，便暫停出刊。原因是「藍星詩社」至二〇〇四年創立已屆五十週年，趙衛民早在一年前即籌備為藍星五十週年出版專刊、向各方邀稿，計已完成紀念專輯，及史料特輯共三大冊。如此重大的慶典，如此珍貴的文獻，本應有發行人的序言作對外闡述說明，然這篇序言等了三年，一直沒有交卷。在此期間王憲陽一直不停地對我詢問，要我催一下發行人。我說我當面或電話已不知問過多次了，每次都回答說要寫，忙完手邊事就寫。還有遠在美國柯羅拉多的藍星創社大老夏菁亦曾電話函件不斷，要我催請，但都無功，我亦無法。《藍星詩學》最終是在二〇〇七年第24期以「藍星詩刊五十週年紀念專號之一」刊出余光中等七位藍星老同仁的過去回憶文字，和社外研究藍星各個不同時期刊型七篇文章而草草交待結束的。藍星的光芒，從此只能在歷史上尋找它走過的軌跡。而今憲陽大去，多少是要帶著遺憾和不捨的，究竟他為藍星有著太多的付出。

（台灣「藍星詩社」資深詩人王憲陽於二〇一四年元月三月因病過世，享年七十四歲。氏係台灣台南歸仁鄉人，早年台大中文系畢業。）

黃埔行，收穫多

有人說是「老來俏」，有人說是「向晚愈明」，總之今年我真應驗了他們詩人慣用的這個「誇飾」修辭，在這進入七九高齡之時，一舉得了個大獎。說是大獎當然絕對不是世界性的諾貝爾獎、龔古爾獎之類，但在華文詩世界而言，已是至高榮譽了。「國際華文詩人筆會」在七月十八日於廣州黃埔地區舉行第十一屆大會時頒給了我一個「中國當代詩魂金獎」，這個獎的過去獲獎者都是德高望重、著作等身的大師級詩人，曾經獲獎者是詩壇祭酒艾青和臧克家、綠原、馮至，以及在台灣的鍾鼎文、余光中，我能有幸步這些大師前輩的後塵獲此至高無上的榮譽，當然值得慶幸。說我運氣好、老來俏都行，只是我從來沒有夢想過，也從來也不曾爭取過，這天外飛來的一番好意，我只有感激的份。在這寫詩近六十年的時候，而獲得這個獎，對我而言是一種極為嚴肅的鼓勵，和特別沉重的肯定。有此鼓勵，有此肯定，我要在我尚存的寶貴歲月，及尚堪磨損的體力堅持下，寫出更多更好的詩，來報答詩壇各大家對我的厚愛。

黃埔是我一生奢想來此一遊的夢土，此地乃是中原漢民族南遷向海的下錨之地，有千年不凍的黃埔海灣，在南海神祇的庇蔭下，黃埔港現今依然是中國南方的第一大港，演繹著歷經數世紀輝煌的嶺南文化。而黃埔對我最重要的是，它是我國民革命軍培植的搖籃，中華民國能夠至今屹立在世界上，都是這個革命幹部成長勝地所立的汗馬功勞。我也算是黃埔軍校的學生，雖不是畢業自嫡系的兵科（步騎炮工輜），卻是旁系的業科（通信、後勤補給），在同一校長、同一校訓（親愛精誠）的薰陶之下，度過上半生的軍中歲月。長州島上的黃埔軍校原址雖不是我軍隊生涯的啟蒙之地，但踏上之後，只覺如此熟悉親切，仿佛被集合號聲召回，向過往的輝煌歲月憑弔。因此我非常感謝這次詩會能在黃埔舉行，一圓我黃埔返校之夢。為了不虛此行，我就地取材，將校內多處的楹聯及不朽的精神指標，組成聯句，以示景仰：

革命者來，黃埔軍魂
親愛精誠，黃埔校訓
仰天地正氣
法古今完人
升官發財請往他處

貪生怕死勿入此門
團結、奮鬥、犧牲
完成剿匪抗戰北伐東征
黃埔師生的碧血
永遠永遠光耀丹青

此次在黃埔地區舉行的「國際詩人筆會」是所有華文詩人的精神所寄。每年輪流在各地舉辦盛大集會，雖說主辦的野曼和犁青兩位詩界大老極力向承辦的地方單位，爭取較多的參加名額，但再多的名額也無法容納來自全世界各地欲參加盛會的詩人，因之採取配額制，今年在有限的六十個總名額中，我們台灣分配到十個名額，這是大會以及承辦地方單位對我們的特別厚愛。我們這次來參加大會的十人中，有六位是台灣本地詩人，一位來自金門，尹玲小姐是越南華僑，這十位來自台灣的詩人，除我老邁外，其餘都正創作力旺盛，經常有作品發表，這是國際華文詩人筆會的一批生力軍，他們都很興奮能有這麼好的機會，參加詩人盛會，並藉此遊覽革命聖地，真是不虛此行。

古今幾首示兒詩

生於明清交接的文壇才子金聖嘆，對清朝大興文字獄極為憤慨，他感於綱紀盡失，殘暴橫行，奔走呼叫「孔老夫子已死」，並帶領學生去哭孔廟，表達對當朝的抗議，清廷加之以蠱惑叛亂罪名，明令正典，判以死刑。金聖嘆的兒子梨兒、女兒蓮子前往探監，相對涕泣如雨，金聖嘆即席賦詩曰：「蓮子連心苦，梨兒腹內酸」，兩句詩既道出親情的深深不捨，復與物象的本質襯配切合。蓮心味苦、梨子腹酸，正是對當朝作威作福的貼切感受，語意雙關，對清廷的殘暴統治，予以最嚴厲的指控。是為近代古典詩中令人鼻酸的兩句示兒詩。

現在是一個太平時代，沒有殘暴的當政者，只有提倡人權至上關懷黎民百姓的民主政府，兒女尚未哇哇墜地，人們即已懂得胎兒在腹中即應呵護備至，並施以所謂「胎教」。香港最有名的青年詩人廖偉棠在他夫人於醫院待產中，曾口占〈產室示兒〉一首七律，詩曰：

汝當記此母難日
一刻一痛一吁氣

豎波立浪葉舟渡
夜半山壑豆燈持

諸早行役晨有跡
燦爛初光出其裡
懷恩何須臨滄海
忍聲弱母若磐石

詩人在兒子尚隔著肚皮未出生即告誡他，體外虛弱的母親此時此刻正在忍若磐石地為他受苦受難，不必等到看見世面即該感懷恩德了。這該是前所未有的新世代示兒詩。

雲南女詩人唐果有一首非常諧趣的詩〈示兒書〉，道出一個母親對兒子的特別關懷，她把兒子看成是她暫時寄放在她身上的一塊肉，最終她將取回，且看她怎麼寫：

〈示兒書〉　唐果

這肉是我的
我只是暫時將它寄放在你那裡
從交付之日始
你要恪守保管之責

長霉了要拿出去曬曬
防火防盜
還要備下毒藥
以對付那些伺機偷吃的蟲豸

這肉是我的
我只是暫時將它寄放在你那裡
最終我將取回
除了歲月和我給予的我都不想要

唐果這首詩發佈在她自己的部落格裡，成千上萬的人點閱過。我初看到便發出「有誰寫過這樣關懷兒子的詩？」這樣的驚嘆。常聽說兒女是母親的心頭肉，這是偉大母愛的形容，但是像唐果這樣以「所有權」口吻作交待的示兒詩，且交付以保管之責，防腐之需，這種深入血肉的母愛則真是罕見了。

我在多年前也寫過一首〈課子十講〉，我這詩是用反諷的方式教導年輕不長一智的一代認識當今社會現實的險惡。

〈課子十講〉 向明

我開始用腹語的方式為你解讀說一不二
我開始用道德的方式為你認知不三不四
我開始用經學的方式為你看清人五人六
我開始用韜略的方式為你尋出歪七扭八
我開始用折算的方式為你求證逢九進十

我開始用井蛙的眼光教你認識天寬地闊
我開始用神偷的絕技教你警惕上下其手
我開始用謊言的切口教你截破左右逢源
我開始用鬼扯的慣技教你知悉爾虞我詐
我開始用孫臏的計謀教你熟知踏罡步斗

這首詩我用正面和反面的教材，在求出年輕孩子在實際面對社會的混亂價值，應有的認知或警惕。每一句都針對一個或正或負的成語作解說，有點戲謔的編纂，我的原意卻是極其認真的。

二〇一二年六月十二日《福報》

得獎趣事一大筐

今年我真應驗了「老來俏」、「向晚愈明」的「誇飾」修辭，在這進入七九高齡之時（二〇〇八），一舉得了兩個大獎。在台灣，中國文藝協會在五四文藝節那天頒給了我一個「榮譽文藝獎章」，與佛教高僧星雲大師以及曾任文學院長的朱炎教授、黃光男校長同時獲獎；而總部設在香港的「國際詩人筆會」卻在七月十八日於廣州舉行第十一屆大會時頒給了我一個「中國當代詩魂金獎」，同時獲獎的有大陸名詩人柯岩女士（賀敬之夫人）和已故七月派名詩人鄒荻帆。這兩個獎的過去獲獎者都是德高望重、著作等身的大作家大詩人，「詩魂金獎」創立才不過五屆，首次獲獎者是詩壇祭酒艾青和臧克家，其後則有綠原、馮至、李瑛、曾卓，以及在台灣的鍾鼎文、余光中，我能有幸步這些大師前輩的後塵獲此至高無上的榮譽，當然值得慶幸，說我運氣好、老來俏都行，主要我從來沒有夢想過，也從來也不曾爭取過，這天外飛來的一番好意，我只有感激的份。

獲獎當然是一件高興的事，但是有時除高興之外，還會惹來不必要的困擾，甚至是災難的開始。文人相輕，自古皆然，如今尤烈，主要是新詩這玩意沒有標準，大家一個不服氣一個，你那點東西能獲獎，為什麼我比你好就得不到，一定是你走了後門，花了銀子，於是災難就開始了。「詩魂金獎」兩年前就要給我，我說我還不夠資格，台灣比我高明的元老大師多得很，他們再要堅持時，我就說如再提名我，我就連會也不去參加了。即使如此自動閃避，仍然逃不過冷言冷語的嘲諷，和造謠生事的攻擊，過去兩年我的不得安寧，大多肇因如此。今年他們學乖了，根本事先不透露消息，到場給你一個抽手不及，獎到我手，今後命運只有聽天擺佈了。這個獎座做得很重，是在粗壯的四方水晶座上，安一隻銀質的手掌，掌心裡放了一個金球。還好，只此很重的獎座，沒有獎金，要不會更麻煩。

其實自五十多年前開始寫詩以來，大大小小的獎我得到過至少十五次以上，每次得獎都會出一點狀況，後來成為笑談，現在趁此將幾次重要的得獎趣事介紹一番，博君一笑。

我第一次得獎是在民國四十五年，那時我正在馬祖戰地服役，將近十月底故總統蔣公華誕前，部隊獲得通知說我榮獲國軍文康競賽詩歌獎士兵組第一名，將於總統華誕日也就是十月三十一日文化復興節當天頒獎。當時的馬祖連像樣的公路都沒有一條，我們都住在掩體裡，每半月才有一班補給船，官兵也沒有回台的輪修假，所以回台領獎連門也沒有，只好由在台灣的同學好友代領。半年後我任滿返台得知，獎品除高大的獎座一幀外，還有福鹿牌腳踏車一輛、勤益西裝料一塊，但這三樣東西我一樣也沒有得到，獎座是部隊保管，早已鎖進隊史館，小兵不得其門而入。腳踏車已被那位每天送早報的好友騎得除了鈴鐺不響，其他都響。西裝料則已成了另位同學的新郎倌禮服，唯一最大的好處是將我免試保送候補軍官班受訓，後來成為少尉軍官。這樣的結果我也滿意，得獎的詩三年後印成我的第一本詩集《雨天書》。多年後始得知，那次得獎的第二名是張拓蕪，直到今年（民國九十五年）六月和周夢蝶、曹介直等老友聚首聊天，拓蕪重提當年事，說那次得獎是他此生經濟上最風光的時候，因為有獎金七百元，是他當時的半年薪餉，他問我得第一名至少有獎金千把台幣，怎麼花掉的？我大吃一驚，從來不知道還有這筆意外之財，可能是折成腳踏車和西裝料了吧！

再次得獎是緊跟的第二年，我在屏東東港的空軍預校接受入伍訓練，每天晚點名時，政治指導員照例會把我們當天繳交的日記作檢閱後的批示檢討。誰知那天（民國四十六年端午節前一天）首先就點名我連成語都不會用，怎麼可以把「事半功倍」改成「事倍功半」？長官訓話那有反駁的機會，我只暗笑他讀書太少，不會活用成語，更連字典都沒查過，就以為逮到訓人的機會。真是好死沒死。第二天的中央日報上公布那年詩人節的「優秀青年詩人獎」，我的名字赫然列入其中，和瘂弦、王祿松、戰鴻同享那年詩的光榮。獎金是新臺幣一百元，那位年輕的指導員看到我好尷尬。糟的是以後辦壁報等文宣工作都落到我頭上，帶來的好處是我免去參加雙十閱兵的集體校閱訓練，那種練習踢正步要達到整齊劃一有力著地的要求，幾月密集集訓下來，可以磨破兩雙軍用大皮鞋。

第三次發生的事情使我啼笑皆非，簡直不知要如何應對。每年五四文藝節都由中國文藝協會舉辦文藝獎章頒發，對象是對文學藝術卓有貢獻的文藝工作者，有時一屆可以頒發廿餘人，因為光是文學類就有小說、散文、詩歌、翻譯、報導文學、兒童文學、戲劇劇本創作（內又分舞臺劇、電影劇本、廣播劇、電視連續劇等），其他音樂、繪畫各有更細的劃分。民國七十六年文藝節我獲頒第二十八屆新詩類文藝獎章，作品是由出版社推薦的我剛出版的詩集《青春的臉》，那時的文藝大會隆重盛大，那一屆還請了十多位菲華詩人作家來台參與。就在開會前的一大堆詩友閒聊中，一位大師級的詩人聽到我也獲文藝獎章，不屑地問我：「這種沒有錢的獎你也要？」當著那麼多外來客人的面，我簡直無地自容，好像那個沒有錢的獎，真的是我要來的。

民國八十年的六月間，聯合報副刊有一則短短的文訊，報導我在中國大陸得了一個全國報紙副刊好作品評比一等獎。朋友們聞知都很好奇，怎麼我會到中國大陸參加文學獎，還有人問得獎作品〈水渡河〉是散文還是詩。這篇懷鄉的短文原發表在民國七十九年一月十二日的聯副，後來我的故鄉湖南長沙《環境保護報》副刊約我寫稿，我見這篇懷鄉的短文事實上隱約有點環保意識在其中，就把它寄去，發表後又被《長沙晚報》轉載，這篇八百字的短文就在那邊有名起來。民國八十年初，中國大陸全國舉辦去年全年全國報紙副刊好作品評比，此文在湖南省初選就獲得第一名，代表湖南去參加全國總評。五月下旬全國總評時，我這篇短文是唯一由十四位評委一致通過為一等獎的，打敗了中國大陸全國各種報紙共四百八十三家的一千九百四十五篇參加的作品，連當年中國大陸最有名的散文家秦牧老先生也貶了下去。這次得獎為獎金人民幣二百七十三元，我到那年八月返鄉探親，才從《長沙晚報》社長手中拿到，不過我馬上湊足成三百元人民幣捐作水災賑濟款。記得那時我那當小學老師的侄女每月薪資才六十元人民幣，有時還發不出來，由學生以家裡收成的稻穀折價代替。

中山文藝獎是台灣過去最高的一個文學獎，多少文學人都仰之彌高，卻望而卻步，因為門限太高了。我連想也沒有想過，可是民國七十六年十一月初，那時我正在中國大陸老家探親，忽然接到台北的通知，我獲得那年的中山文藝獎，要我在十一月十二日國父誕辰那天準時到中山堂光復廳去接受贈獎。電話回台查詢，才知我的第五本詩集《水的回想》，由九歌出版社委托文協的推薦獲得了這份榮譽，問題是十一月十二日那天我必須轉到泰國曼谷去參加「世界詩人大會」，而且預定將由泰國王室的公主代頒給我一個由「世界文化及藝術學院」頒發的「榮譽文學博士學位」，這也是不能缺席的。於是我交涉將由我在台的大女兒代表去領中山文藝獎，如此安排應該甚為妥善，我也安心去了曼谷接受了那個天外飛來的榮譽學位，並且讓首次出國參加世界性大會的十多位中國大陸詩友共享我一舉兩得的文學幸運。十一月中旬回到台北，發現代父出征的女兒雖把獎項和獎金都領回來了，卻因未準時趕上頒獎時間，讓謝副總統在台上枯等了一會才完成頒獎儀式。主辦單位當然火大，但又不忍苛責兩個小女孩（姐姐膽怯，拉了妹妹壯膽），我只好回來當面賠罪抱歉。那次得獎的廿萬獎金起了大作用，姐姐到美國讀書的錢是由那獎金湊足的。

民國八十三年我的第六本詩集《隨身的糾纏》獲得了那一屆的「國家文藝獎」，這是我寫詩以來到那時為止獲得的最大肯定，等於是國家給我的肯定，得獎的評語是「向明是一位進而介入現實，出而批評人生，兼顧文學與社會使命的詩人。他的詩每從小事細節介入，幾經轉折，終入要害。其語言平白而精煉，擅用意象與譬喻，骨肉停勻。其詩體則融眾體，前後呼應，有機發展，是台灣當代重要詩人之一。」這短短的評語，頗能概括我一生為詩效命的主張和意旨，使我深感欣慰，也警告自己今後切勿辜負這獎的期勉。這次頒獎舉辦單位做得盛大隆重，但也出了一些意外的狀況，本來僅有一個名額的詩獎，竟因鄭愁予的得分數只比我少幾分，但都在得獎高標準範圍內，使得主辦單位不得不破例增加一個詩的得獎名額，都領同樣數目的獎金。另外一個狀況是發獎當天的《中央日報》頭版頭條，出現國家文藝獎小說類發獎不公、黑箱作業的控訴。使得得獎人記者招待會上所有記者都只追問那個失實的烏龍事件，得獎人都冷落在那裡枯坐冷板凳。這是一個歷史悠久的國家級文藝獎，現在文壇上的顯赫作家詩人、大學文學院長和專家學者幾乎都是該獎的曾經得主。然而到了一九九七年，政權輪替以後，因主辦權改由國家文藝基金會接手，基金會以該會為半民間組織為由，自那年開始的「國家文藝獎」又從第一屆命名頒發，以前的二十多屆國家文藝獎在國家並沒有消失的情形下，便自動被排擠消失，不被承認，無形中在人間蒸發。這真是台灣文學史上的一大怪事。我不知道我當年得獎的那屆假使和現在再輪同序的一屆得主將來萬一碰面時，會不會有真假之爭？我是不會承認我是假的，我得的是「老牌國家文藝獎」。

老伴絕對不能少欲不老，

坐在窗邊就著外面的天光在看書，冷不防室內的燈光突然大亮，接著就聽到響亮的驚叫聲，「這麼暗還看書呀！將來老了怎麼辦？」我頭也不回地回答：「現在已經夠老了，哪裡還要等什麼將來。」老妻氣得只好守在電燈開關旁，以防我去把燈關掉，她知道我有隨手關燈的習慣。

像這樣老夫妻間的鬥嘴，早在我六十多歲時即已開始了，現在我已接近九十，每天仍不時在搬演，老妻只要看到我不如她意的在「糟蹋」自己，總是那句「你將來老了怎麼辦？」來警惕我，顯見我在她的眼中永遠長不大，一直在擔心我的「將來」。看樣子憑她對我的這份信心，真還有不少未老時光可以揮霍。

人真的會不老嗎？那是萬萬不可能的。機器用久了都會磨損，螺絲鬆脫，失去動能，何況人的血肉之軀。可是硬說我不老的又不止老妻一人，記得那年作老人體檢，那位替我作健檢的年輕醫生，拿著沒有什麼毛病的體檢報告對我說：「老伯，您是七十多歲的年齡，五十多歲的身體。」看吧！「科學報告」證明，我比實際年齡多賺了二十年，當然不老。

有人說我不老當然是「私心竊慰」，不過那天周公和白靈一席對話，卻又誇張得離了譜。在一次集會上，平時難開金口的周公，突然指著我問白靈：「你們兩人那個大？」我聽了之後覺得周公好笑，當然我比白靈大得多。白靈聽了也是一愣，然後便玩笑似地反問周公，「您看呢？」

「我看你比向明年紀大。」周公一臉嚴肅毫不遲疑地回答。我和白靈只差沒有笑倒滾落地上。而周公卻一臉茫然地望著我倆，好像在問：「我說錯了嗎？」

和周公交往至少四十五年以上，他對我知之甚詳，居然會說比我小至少廿五歲的白靈比我大，不是周公認為我太幼稚，便是我的娃娃臉相貌給了他一時的失察。

由於我走路至今仍輕鬆裕如，爬華山，登玉山都曾一馬當先，臉上少皺紋，腰腹無肥油，而作品卻源源而出，很多朋友便懷疑我年齡有假，一定是當兵入伍時把年齡報大了，惟恐不收留。有人見我老是「少年郎」樣子，以旁敲側擊的方式問我和老妻，是不是天天做運動，什麼運動會讓我這樣永保青春，我總是沒好氣地回答，「抱歉！我這輩子最不喜歡的就是做運動，更懶得早起。如不信，請去問我那視運動為唯一養生保健妙法的另一半，她從前黎明即去爬九五峰，現在四點半即去國父紀念館練功，哪一次能威脅利誘我去與她同行？」

於是有人認為我一定是天天進補，好吃又會吃，才會這樣精力無窮。我對他們說，在吃東西這一方面，我的怨言越來越多。我雖好吃也不擇食，但再好吃的東西，也總淺嘗即止，絕不暴飲暴食。現在年紀大起來以後，老妻為了怕肥胖，怕得心臟病，腎臟負荷不了，於是連帶吃東西會怕油，怕鹹，怕甜，每天都在「怕」中警戒，所有吃的東西都變得淡而無味，再好的味口也無誘人的食慾，我家的食物像在經常茹素，且特別注重高纖，再也沒有好吃到讓我淺嘗即止的機會。

記得有一次余光中來台北，我們相約在一起吃飯，他看到桌上擺出的葷菜，不禁感慨地說：「我們家已經吃素很久了，好像又回到『神農嚐百草的日子』。」我聽了趕快說：「彼此彼此，我也是很久沒有打牙祭。」我還透露，經常約住在同一條街的洛夫偷偷去吃肥肥的「焢肉飯」解饞。

記得在上世紀六〇年代，有一則藥品廣告叫做「欲不老」，天天在剛出現的黑白電視上打廣告。我們那時年輕，尚無老的威脅，也無老的恐懼，只是覺得很滑稽，怎麼還有人想不老？據說那種藥是大蒜做的，害得好多吃不起「欲不老」的人猛吃生大蒜，弄得空氣中老是臭氣薰天。

梁實秋先生曾經認為人到老年有三件東西最重要，即是「老伴、老本、老友」。現在根據我實際已老，而仍不覺老之已至的經驗，我覺得這三樣固是重要，但別忘了如果缺了健康的「老骨頭」，這「三老」一點也幫不上忙，只會把老伴累得和你一樣的虛脫；把老本花得精光，也不見得贏回你的健康；至於老友，同為老字輩怕也自身難保，連來安慰幾句也有氣無力，更不可能常來互相扶持。但說實在的，身旁的老伴真的是一刻也不能少。只有她最能摸清楚你的需求和脾胃。別看她一天到晚在你身邊嘮叨，鬥嘴，但如無她這數十年來的善意照應，你哪能還被她說「將來你老了怎麼辦？」所以我會說「欲不老，老伴絕對不能少。」

二〇一七年一月六日

一九四九，我也曾險渡滄桑

頂著一個「亂」字招牌的二〇〇九年轟隆轟隆地過去了，可是原來也是只有一個「亂」字可以了得的「一九四九」卻又起死回生地轟過來，而且越來越夯，喧騰了整整一年，猶餘音未杳。那個六十年前超級亂世所造成的騷動，曾經驚天地，泣鬼神，顛覆一個大陸，攪翻一汪海峽，使得一座東海上默默無名的小島，頓時成了海上仙山。原本親愛精誠、老相廝守的一大國十數億人民，突然分裂成了對立的仇讎，無端建立起綿綿長恨。

從民國三十八年到今天的民國九十八年整整是我們人生所謂的一甲子。在一甲子後的今天，不少人把那次大騷動的風雲始末，藉著尚存的記憶把它翻找出來，使它不致被時間無情地淹沒，讓當時未趕上的缺席者，領略前人所遭受的深深苦難。而又讓當年參與過的倖存者，重溫那些恐怖的噩夢，別再重蹈覆轍，我認為無論如何這是一件決定我們國族命運的大事，值得我們去緬懷。

記得去年由《文訊雜誌》所辦的九九重陽敬老大會，倒有來自台灣各地的七老八十作家詩人及藝術家近三百人。餐會前，前文建會副主任張植珊先生感慨的提到龍應台所寫《大江大海一九四九》，認為這確實是一本能喚起我們痛苦記憶的重要記實。然而相對於海峽彼岸已經將那影響全中國人的歷史騷動，拍成了一部炫耀他們勝利成功的「建國大業」記錄片，而我們中華民國已經建國快一百年了，百年的存在，多少血汗、多少艱困，可曾有一部完整的記述對歷史及後人交代？他向我們這從中涉險尚存的七老八十，已經無能為力的老人提問，得到的答案是突來的一片沉默，我看到有二三老人在不斷興嘆，在暗暗擦淚。

當時我衝動地想答覆，而又苦無機會說話。我的想法是，這與會的近三百位文人，至少有五分之四是民國三十八年或前後撤退來台的，每個人的遭遇都是一部「大江大海」的一章，漏失掉的一節，或說不盡道不明的辛酸故事，假使這麼多枝筆都動員起來，還怕不比人家的「建國大業」更詳實豐富精彩，這都是每個人的親身經歷呵！假使參加過徐蚌會戰的人寫出邱清泉將軍如何因彈盡援絕自殺以盡全忠，會不比對岸所記錄的「淮海戰役」更形真實感人？

再進一步說吧！記述這些痛苦記憶的書，其實早已完成多本出版了，原不止只有現在正夯的《大江大海一九四九》，只是寫的人都僅只想為自己一生的經歷留個記錄而已，都沒太聲張。像王書川先生於民國八十九年寫下的《落拓江湖：回首天涯路》，即是寫他當年在太行山下與日寇及土共周旋，然後冒險犯難從舟山群島撤退來台，脫下戎衣再轉任地方公僕，為早期的台灣地方自治打下根基的經過。又譬如余之良先生於民國九十二年寫的《我向南逃》一書，寫的正是當年政府剿匪戰爭的全面節節敗退。他原是空軍中一個低級通信軍官，卻帶著電台人員及家小，從西北鄂爾多斯草原，撤到重慶、九江、衡陽、零陵、成都、海南，最後於民國三十八年冬天到台灣，及如何又在台灣極度艱困的情況下，為生活打拚，寫文章，出書奮鬥。《我向南逃》一書所述的一路經過，都緊扣當時的政情及軍情發展而全部實錄，讀這樣一本厚書，有如讀一部詳實的中國近代動亂史，而且都是第一手資料，沾自己的血汗寫成。

當然我們更不能忽略，也就在今年幾乎同步出版的齊邦媛教授寫的《巨流河》，和王鼎鈞先生寫的《文學江湖》。這兩本堪稱時代巨著的作品，其所涵蓋的時空背景都比前此幾部作品深遠廣袤。我常認為任何事件的發生不是偶然的，必有其前因才會有其後果，一九四九這一年只是這時代譁變的一個點，也可說是一個國族命運生滅繼絕的轉捩點的所在。齊、王兩位的著作上溯軍閥割據、八年抗戰、內戰慘敗、撤退台灣，以及在台灣的生聚教訓，白色恐怖、族群分裂等等演變發展，讀了這兩部作品，雖仍難窺其歷史複雜的全貌，但也足夠勾勒出一個比較能理解，我們為什麼會有今天這樣尷尬的局面了。

然而，當我把我的「大家都來寫一九四九」的想法告訴我近旁的一位也曾風雲一時的作家時，他當頭潑我冷水說，你我寫的誰會要登呀？是呀！關鍵就在這裡。然而老杜說過「名豈文章著」，我們要寫絕對不是要張揚出名，也不是要去躍登什麼文學排行榜。而是要將在這大時代中，我們每個人的不同遭遇，所見到的不同場景留下一鱗半爪，為整個大歷史補白。何況那些已經寫過「一九四九」的書，也都並沒有先發表。有鑒如此，我就暗自寫下我自己的一九四九，題名《滄桑險渡》，我只當這只是兩百多萬分之一中的一個個案。很少人知道已經八十二歲的我原是一個跛子，直到一天一個後生小輩看出我的左腿有點不正常，他堅持要發掘我這個祕密，我就告訴他這話要從民國三十八年那個時間點的前後說起，於是我就口述了這段純屬個人，卻也牽動歷史裙角的我的跛腳故事。寫成之後也是苦無公開發表的機會，好在我有自己的部落格，已在元旦起逐日刊登。同時《中華日報》副刊也沒落人後，自今年元旦日起連載了十五天。有人將此文偷傳給了大陸四川某詩刊，希望我授權他們轉載。我說不必我授權，你們誰敢登我絕不過問。歷史是大家的歷史，我寫出來以後，看的人越多越好向歷史交代。讓我也在正夯的一九四九風雲際會中，摻上無力的一腳。

向明賞析沙牧的詩

〈媽媽不要哭〉　沙牧

媽媽不要哭
燕子已快從南方回來
別老是望著那空了的小書房。

菩薩是不懂的哇
卜者也測不出自己腳下的路
媽媽不要哭

砲聲總會停止的
而現在我們必須擁抱戰爭
媽媽不要哭

樹葉還未落盡
今年的秋裝就不用剪裁了
媽媽不要哭

沒有名字的小墳長滿了野草
雲的棉絮已夠禦寒的了
媽媽不要哭

——本詩摘自沙牧詩集《死不透的歌》

向明賞析

這首充滿親情卻又悲傷情感的小詩，是早年一位曾經參加過抗日華北會戰，來台後在八二三砲戰中擔任排長的山東大漢，筆名沙牧，本名呂松林的嗜酒如命的詩人在金門戰地所寫。

金門八二三砲戰，幾十萬發亂飛的砲彈，使戰地軍民死傷無數，就在詩人沙牧駐地附近有一小小的墳堆，裡面躺著一位青年戰士。詩人每天經過看到，不由得想及這位戰士的母親會是多麼的思念和傷心！遂以親切的關懷口吻，恍若愛子仍在身傍的想像力，來告慰這位媽媽，希望她不要悲傷哀戚。這是一首充滿人情味的小詩，得到好多人的激賞，也收入中外詩選。但是很少人會看出這首詩的表現手法非常不同於一般現代詩的線性抒情直抒，其中的意象也巧用反諷暗示等技巧，來突顯這世界所呈現的荒謬與無奈。譬如第二段所說的：

菩薩是不懂的呀！
卜者也測不出自己腳下的路

這表現出對這世界的完全絕望，求神問卜也得不到解救！

又譬如第三段所述：「砲聲總會停止的／而我們現在必須擁抱戰爭」，這就表示這無厘頭的打殺會永無寧日。最無情的是最後一段所述：「沒有名字的小墳長滿了野草／雲的棉絮已夠禦寒的了／媽媽不要哭」，墳上都已經長滿野草，表示埋在裡面的人從無人關心聞問，雲作棉絮能夠禦寒嗎？媽媽要知道這世界這麼冷酷無情，媽媽豈能不哭？

美靜的詩

——向明讀詩筆記

台灣詩文化的多元呈現，一向是一個令人稱羨的奇蹟，自古以來台灣文學這支多彩多姿的漢文化支脈即參與了中華文化的再造與延續，即使屢遭外族異國殖民統治，亦未能同化或影響我中華詩歌文化之獨特精神。自一九四九年國府遷台以後，台灣詩歌在兩股詩歌清流的努力耕耘下，更是創造了一獨特的詩文學環境。省藉詩人締造鄉土文字的輝煌成果，四九年來台中國詩人則發起一場現代詩改造運動，這兩支詩文字勁旅的多年不斷努力，終而形成了不脫中國特色的具「台灣特色的現代詩或新詩」。這種自行發展出來的台灣風韻，和對詩的認知，必將使詩進入一個風華卓絕的時代。

兩岸開放交流，親人得以回歸母體，之後大批對岸詩人紛紛投向台灣的詩園地發表作品，是以當年的台灣詩刊幾乎全是中國大陸詩人的作品，台灣詩壇勇敢地接納了這些隔絕過久的詩友詩人。但作品發表只是短暫地出現，中國大陸詩人真正融入台灣詩壇，作為一個台灣詩壇的耕耘者，則是近幾年的事，而且並不多，僅三數人而已。然僅這三數人也為台灣詩風帶來一些新的氣息，同時也提供台灣詩人鑑照，看出兩岸詩風不同之處。

這三詩人之一乃一九九七年來台的湖北地區女詩人龍青，其後來台在中研院任事的中壯詩人楊小濱，再後來便是近年活躍在台灣詩刊的女詩人項美靜。仔細觀察他們三人詩的造詣，龍青在來台之前本為湖北籍的著名女詩人，她的詩，名詩人貝嶺曾形容為如冰般的徹骨，她以詩刻下了被劃傷的印痕。楊小濱本為大陸七〇後的知名詩人和文化評論家，他的作品一向慣於把諧謔性帶進詩中，把抒情的主體丑角化，給人歡愉趣味。而比他們晚來台灣的項美靜則亦係文科畢業，到台灣來以後贏得台灣各詩刊的歡迎。是以這三位自中國大陸來台加入台灣詩壇陣容的詩人，他們的作品為台灣增色不少。

正如新加坡詩人懷鷹在評論項美靜的文中所言，「她的詩帶有濃郁的江南氣息和韻味，江南特有的風景和情致，也成為她詩裡一道鮮明的色彩。」這無疑是項詩的一大特色。我則認為她詩中的中國古典意象特豐，尤其歌咏江南的古典詩詞和具絲竹之美的崑曲韻緻都能被她活用在詩中，形成一種特具江南風味的「地緣詩」，常常使人在現代情境中發古典的幽思。

讀遍項美靜在台發表的全部詩作，可以發現她的作品可分為兩大類別，一、為以小行數形成的所謂「輕型詩」，也就是菲律賓詩人王勇所倡導的「閃小詩」，係在六行規制內，不超過五十字的微型作品，這種詩以小見大，可寫出出人意料的詩意，且看這兩首三行詩：

〈**小橋**〉

將身體彎成弦
任溪流撥弄
一曲，高山流水

〈**影子**〉

白天，與我跟太陽爭寵
夜晚，留我獨自咀嚼寂寞
甩不開的糾纏，抓不住的緣分

〈踏浪〉是她另一類較長型詩的代表作，這首詩利用浪的動態形象，象徵生命的堅強與倔傲，也寫出生活的不安與流徙，是一首情景交融得恰到好處的詩。

〈**踏浪**〉

穿過潮的白紗
跳上浪的肩頭
用披肩兜起繁花萬朵
為我的詩賦譜曲

血液拍打骨骼的聲浪
是我生命的吶喊
一道道潮湧
湧動著生命的倔強
一陣陣浪起

澎湃著生命的激情

潮水湧來
思念湧去
敘述著心靈的遷徙
來了——我還是要回
回了——我還是要來

我是一朵浪花
在海的懷中綻放
椰風溫柔了詩情
漁火熏暖了詩意
我在浪花上蕩著鞦韆

新加坡名詩學家懷鷹先生在評論項美靜詩的文中說，「對大陸詩人而言，台灣現代詩的結構和構思是陌生的，他們習慣文字的起承轉合，習慣傳統的思維方式，很難去追求台灣流行的現代詩風。然而項美靜到了台灣後，卻能對此環境應付裕如，也有了某些現代詩的影子」。其實我的杞憂倒恰與此相反，我倒希望她不要如此快的「入境隨俗」，把固有的隨原鄉土營養而來的表現技巧隨意放棄，寫出完全台灣風味的詩。台灣詩壇寫詩人數眾多，同質性已經高到所有的詩都像同一生產線上的產品。只有具獨特個性寫作的詩人，才是整個詩壇所應珍視的。這是我對項女詩人的未來期望。

所幸項美靜已選擇返回她的故鄉浙江湖州去長住了。到達鍾靈毓秀的江南水鄉，宋詞的原產地，她似乎真正抓住了詩的正統源頭，源源不絕的有令人眼睛一亮的佳作出現。

語言文學類　PG3162　秀詩人127

雜花生樹
——向明詩文合輯

作　　者／向　明
責任編輯／陳彥儒
圖文排版／陳彥妏
封面設計／嚴若綾

發 行 人／宋政坤
法律顧問／毛國樑　律師
出版發行／秀威資訊科技股份有限公司
114台北市內湖區瑞光路76巷65號1樓
電話：+886-2-2796-3638　傳真：+886-2-2796-1377
http://www.showwe.com.tw
劃撥帳號／19563868　戶名：秀威資訊科技股份有限公司
讀者服務信箱：service@showwe.com.tw
展售門市／國家書店（松江門市）
104台北市中山區松江路209號1樓
電話：+886-2-2518-0207　傳真：+886-2-2518-0778
網路訂購／秀威網路書店：https://store.showwe.tw
國家網路書店：https://www.govbooks.com.tw

2025年5月　BOD一版
定價：300元

讀者回函卡

國家圖書館出版品預行編目

雜花生樹：向明詩文合輯 / 向明著. -- 一版. --
臺北市：秀威資訊科技股份有限公司, 2025.05
面；　公分. -- (語言文學類)(秀詩人；127)
BOD版
ISBN 978-626-7511-91-6(平裝)

863.4　　114005766